私たちが記したもの

小山内園子 すんみ 訳

チョ・ナムジュ

筑摩書房

目次

＊一ウォンは、約〇・一円です。
＊本書では、原書の通り、年齢は数え年で表示してあります。
＊〔　〕内は訳注です。

This book is published with the support of
Literature Translation Institute of Korea(LTI Korea).
本書は、韓国文学翻訳院の助成を受けて刊行されました。

私たちが
記したもの
우리가 쓴 것

チョ・ナムジュ
조남주

装丁
鈴木千佳子

梅の木の下

お勝手の棚から、薬箱を取り出した。三月《みつき》分に少し足りない量の血圧の薬の袋、目薬が四つ、最近しきりに体がかゆくて出してもらった塗り薬、春だったか、手をヤケドして買った軟膏、消化剤に鎮痛剤、絆創膏、消毒薬といったもしもの時の薬、それに日本製の湿布。古くなった目薬二つとヤケド用の軟膏は、捨てなきゃ捨てなきゃと思いながら、ずっと先のばしになっている。この前、嫁が傷薬を探すといって薬箱をあさっていた。あの時、日付の過ぎた薬が確かに目に入っただろうに、見なかったことにしてくれていたらしい。

黄色のキャップの目薬は一日二回、空色のキャップの目薬は一日四回。空色のキャップの目薬を、両目にそれぞれ一しずく、さした。ヒリッとして目が開かなくなった。駅前のチョン眼科は、あまり腕もよくなさそうだし親切でもないけれど、一階の薬剤師さんが気に入って通っている。はじめて薬局のドアを開けた時に感じた戸惑いや、ドキドキする感じを、今も覚えている。毛染めをしていない真っ白な髪をゆるく結んだ、おばあちゃん薬剤師さんだった。

小さな箱から、さらに小さいプラスチックの目薬を取り出すと、薬剤師さんはネームペンでそれぞれに「一日二回」、「一日四回」と書きこんで、それから空色の薬をしゃかしゃか振ってみせながら言った。

「少ししみるけど、よく効くんですよ。私も季節の変わり目に一度はお世話になりますから。でも長くは使えない薬だから、一週間してもかゆみが続くようなら、また来てください」

そうして、薬の成分と使い方が印刷された紙袋に目薬を入れて、角を三角に折り畳んだ。薬剤師さんが作る、このわんこの耳が好きだ。袋の口を閉めるためでも、持ち手になるわけでもないのに、必ずそうやって一度折り曲げてよこす。おしまい。薬は全部入れた。説明も全部した。もう行ってよし、という簡潔な挨拶のようだ。形もかわいらしいし。

目を何度かぱちぱちさせると、太い涙の筋がたらーっと流れ落ちた。大切な目薬まで、全部おじゃんだわねえ。袖口で涙を拭いながら、目薬じゃなく、本物の涙みたいだと思った。悲しくて泣くのではなく、涙が流れれば悲しい。お勝手の窓越しに、痩せた枝が風に身を細かく震わせた。


上の姉さんが暮らす認知症老人ホームの一階には、共用の広いロビーがある。ホームの建物は全体的に窓が小さくて、目隠しシートが貼られているから窮屈な感じがするが、ロビーだけは壁が丸ごと一つ窓になっていて、向こうには梅の木が見える。行くたび一度は、姉さんと窓の前に腰を下ろした。姉さんは私の手を握りながら、花が散る前にまた来るんだよ、と言った。

白い花が終わる前にもう二回、出かけた。緑色の葉っぱに覆われていた時も行ったし、葉っぱが落ちている時も行った。それでも、姉さんは毎回、なんで今頃来たのかと訊き、花が散る前にまた来るんだよ、と言った。

姉さんは目があまり見えず、歯はほとんどなくなり、歯茎も全部弱り、血管が詰まった二か所にはカテーテルが入っていた。認知症の症状じゃない。認知症とは別に、ただ、年を取った。ならば病気じゃないのだろうか。老いることも、病気なのだろうか。姉さんにしょっちゅう会いに行かなくては、と思った。

何度か桃を食べたいと言われていたけれど、時期じゃないので缶詰を買った。顔を近づけて話すたびに口がひどく臭うので、うがい薬も一本入れた。使えるかどうかはわからない。療養保護士〔介護サービスを提供する国家資格〕さんは、姉さんをとても大切にしてくれる。このあいだ行った時うがい薬の話をしたら、下手に飲み込んだら事故になる、というようなことを言われた。

「お口からこんなにすてきなにおいがするのに、なんでうがい薬が必要かなあ。でしょう?」

姉さんは自分では水を飲もうとしないし、おまけにしょっちゅう口を開けっぱなしにするので、唇がいつも荒れている。保護士さんがリップバームを塗ってやると、すぐに唇をこすり合わせた。そんな姉さんをじっと見つめながら、保護士さんがおきれいですよ、と言った。

「はい?」

「とっても、おきれいです、って」

どれほど目を見開いて、口をつぐんで生きてきたものか、姉さんの口元と眉間には、刃物で彫ったように深い皺が刻まれていた。生涯肉を茹でる湯気に当たってきたから、肌だけはツルツルだといつも自慢していたのに、食堂をやめたらツルツルは消え、酔っぱらった人みたいな赤ら顔になった。さらにはシミまでいっぱいに広がった。その顔が、きれいだというのだろうか。

「塗ってあげると、こうしてンパッ、ンパッ、ンパッってされますしね、クリームを手の甲につけてあげれば、指で、ほっぺとおでこにちょんちょんってつけて、するするするーって広げるんですよ。ゴシゴシ擦ったりはされません。お茶碗には必ず片手を下に添えるし、本は真ん中が割れないようにそーっと広げて。上品な仕草が、身についてらっしゃるんですよ」

幼い頃は貧しい両親の代わりに妹たちの面倒を見て、結婚してからは才覚のない夫の分まで懸命に働き、五人の子どもたち全員をちゃんと食べさせ、学ばせた人。実は、あまりによくある話。姉さんを思うと、がむしゃらという月並みな言葉が、まず頭に浮かぶ。

姉さんが、それほど本好きだったとは知らなかった。二本の腕を真っ直ぐに伸ばして、精いっぱい本を離し、よく見えない目をぼんやり開けたまま、日がな一日、本ばかり眺めているのだという。部屋で、一階のロビーで、食堂で、ひたすら読んでいるということだった。姉さんのお嫁さんが、最近は大活字本、というものがあるのだといって、『よい考え』〔日めくり式で短いエッセイが掲載された、韓国の国民的月刊誌〕の大きな字のものをホームに定期配送し、ベストセラーになったエッセイの大活字本も何冊か買ってくれていた。

いつだったか、昼寝をしていた姉さんの手に『よい考え』が握られていた。保護士さんの話では、いつも本を読んでいる途中で寝てしまうのだという。私はそーっと本を取り上げながら、面白くて読んでいるんだろうか、と質問した。

「よくわからないですね。何日も同じページが開きっぱなしになっていることも多いですし。持っていると、落ち着かれるようです」

「姉に読書の趣味があるなんて、知りませんでした」

「認知症のお年寄りはそうなんですよ。隠しだても飾りたてもせず、暮らしてきた通りにしていることもあれば、ずっと抑え込んで我慢していたことに、思う存分夢中になることもあって」

姉さんは、ずいぶん遅くになってから教会へ通い始めた。信仰心というのは急にわいてくるものなのか、神様だの、復活だの、天国だの、本気で信じているのかと訊くと、面白いんだよ、と言った。同じような高齢の新しい信者向けに聖書の勉強をさせてくれるプログラムもあり、水曜の昼にも教会に出かけているという。計画表を作って毎日一人で聖書を読み、書き写し、仲間と質問しあったり答えを考えたりする会も作ったと言った。そうしてカバンを開け、聖書とノート、筆箱を見せてくれた。

「さっきね、来る途中に、桃色と空色の蛍光ペンを買ったんだよ」

妙なことに夢中にならなくてよかった、と思った。子どもたちがすっかり大きくなって、食堂も人手に渡って、どれほど虚しく退屈だったろう。そんな時に、ネズミ講や広報館通い〔「広報館」は高齢者向けのイベントなどで健康食品などを売りつける商法が行われる場所として知られている〕、それか、インチキ宗教みたいなもので心を埋め合わせたら、本当に大事《おおごと》だったから。なぜ、よりによって教会だったのか、聖書の勉強だったのか、あの小さな字が読めていたのかは、気にかけていなかった。

「よかったねえ。教会でもお寺でも、心の拠り所を作って暮らせばいいのよ」

姉さんは、無意味な私の言葉に耳を傾ける気配はなかった。私も忘れていた。姉さんの宗教のこと、信仰のこと、救いのことを。

町内バスに広域バス、シャトルバスと立て続けに乗り換え、一時間三十分をかけてホームに着いた。姉さんの子どもたちの近くのホームに入るのは当然のことだけれど、私にはきつい。一度来ると、一日がつぶれる。目がしょぼつくから、本を読みながら来るのも疲れるし、頭がくらくらするから、何か聴きながらというのも難しい。最近は、バスでもあまり眠れない。ただぼんやり窓の向こうを眺めて過ごそうとしていると、自分にあとどれくらい時間が残されているものか、無為に流れていくこの瞬間が、すぐに惜しくなるんじゃないかと思う。

ホームの建物はコの字型になっていて、真ん中のぽこりとへこんだ部分に小さな庭がある。コンクリートの地面に低い石垣をめぐらせ、中に土を入れて庭園ふうにしたものだ。大きな梅の木が一本と、名も知らぬ雑草、野の花。ホームで唯一の自然というわけだ。外から見れば、古くて高さのないホームの建物とつり合って結構悪くない雰囲気だが、窓の内側のロビーから見ると、道路や、自動車や、通りの向こうのマンションの工事現場を背景に立つ梅の木は、ずいぶんと場違いな感じがする。追いやられ、押しのけられ、どこでもいいからと身を寄せた、年寄りの旅人のようだ。

剪定されて、梅の枝はさっぱりしていた。生きているのか死んでいるのか、見分けがつかなかった。昔、姉さんの家の暮らしぶりがいっとき裕福だった頃、家の居間にいくつか盆栽の鉢が並んでいた。私は義兄《にい》さんに造花かと訊いた。鉢植えの中におさまったその小さな木々が、本当に生きているとは到底思えなかった。義兄さんはしばらくのあいだ、盆栽の用途や美しさ、それに必要性や価値について説明をした。それでも私には理解できなかった。木は、他の木と一緒に、山や空や雲の間に立っている時がすてきなんじゃないの？　こうやって家の中に閉じ込められているのを眺めてて、趣きが感じられる？　義兄さんは、君の言うことも当たっていると言った。

「実はね、自分の体よりもっと大きくなる木を、思い通りの形にして、作りこんで、この小さな鉢の中で生きさせるっていう面白さがあるんだな。大自然を、手の内に収めたような気になるじゃないか」

葉っぱの先に鼻を近づけてみた。二度ほど息を吸い込むと、生臭くて鼻につく、錆《さび》のにおいみたいなものが最初にもぐりこんできた。さらにくんくん、くんくんと行儀悪く嗅いだ。紙のにおい、埃のにおい、土のにおい、そして木工品のにおい。山や森に漂っていた、水気を含んだ木のにおいではなくて、長い間閉めっぱなしにしていた木製の引き出しを開けた時のにおいだった。こんなふうでも、生きてるんだ。生かされるんだ。

梅の木を見ると、あの時のにおいがどこからか漂ってくる気がした。あの鉢植えは、今どこにあるんだろう。

部屋には姉さん一人きりだった。昼寝からゆっくりと目覚めると、恨みがましい目をして言った。

「ドンジュ、なんで今頃来たの？」

「私が起こしちゃったかねえ」

「いいや。寝てはいなかった」

半分壁にもたれかかるようにして横になる姉さんのそばに行き、腰を下ろした。どういうわけか、煮洗いした布巾のにおいがした。おしぼりで体を拭いたのかな。

「いいにおいねえ、姉さん」

「ねえ、ドンジュ」

「なあに？」

「なんで今頃来たの？」

「ごめんねえ。うちの孫娘に赤ちゃんが生まれたって話、したっけ？　最近、赤ちゃんを見てくれてる人がお休みをとったもんで、昼間は私とお嫁さんとで面倒みてるのよ。赤ちゃんはお嫁さんが世話してるけど、それを見てるだけでも疲れちゃって、何にもできなくて。私だって、もうすぐ八十でしょう」

「ねえ、ドンジュ」

「なあに？」

「うちの娘も赤ん坊を産んだよ。あとで、パク君がスープを取りに来る」

「そうだねえ。姉さんのおかげで、肉のスープをたっぷり食べられるから、お乳の出もいいだろうね」

「いいや。あたしが赤ちゃんを見に来ないって、えらく寂しがってる」

上の姉さんのソルロンタン〔牛の骨や内臓などを長時間煮込んだスープ〕屋が、一番繁盛していた時期のはずだ。当時は、子どもたちの授業料は払えるし結婚させてやれるし、寝てなくたって疲れたと思わない、食べなくたって空腹を感じないと言っていた。出産した長女に肉のスープをお腹いっぱい食べさせてやれるんだからよかったとも話した。当の娘は、申し訳なく感じていたらしい。時が経つのは早い。その赤ん坊が、今では三十を過ぎ、週末ごとにホームに来ては、実の子よりよほど愛情こまやかに、祖母の世話を焼いているのだから。

「ねえ、ドンジュ」
「ドンジュ、って呼んでもらえて、うれしい」
「そりゃあ、ドンジュのことはドンジュって呼ぶだろ」
「せっかく改名しても、呼んでくれる人がいないんだもの。わざわざ銀行にも行ったし、町役場にだって出かけてね」

年寄りが名前を呼ばれるところなんて、病院以外にどこにある、すっかりいい歳になってから改名かと、夫はせせら笑った。反対するのでもなく、無視。ただ一度話をしたきりで、あとは一切名前の話はせずに暮らした。夫の葬式が終わり、いの一番にしたのが改名申請だった。見る人が見たら、待ちかねていたようだったろう。

姉さんたちはきれいな名前だった。上の姉さんがクムジュ（金柱）、下の姉さんがウンジュ（銀柱）、そして、私は、マルニョ（末女）。キム・マルニョ。小さい頃は、名前が嫌でずいぶん泣いた。同年代ではさほど変な名前ではなかったけれど、姉さんたちと比較してしまった。学校ではそうでも、家では別のきれいな名前で呼んでほしいと頼むと、尊くてありがたい名前に何をバチ当たりなことを、と母さんにさんざん叱られた。名前通り、弟が二人、できることはできた。でも、弟を授けて母の願いを叶えた私の名前が、私に与えてくれたものは、何だったんだろう。

お調子者の下の姉さんは、よく「マルニョ、マルニョ」と呼んで私をからかい、すると、私よりも上の姉さんがずっとかんかんになった。カッコ悪い名前だから嫌い、としか言えない私に代わって、あれこれ母さんに説得を試みもした。あたしたちはクムジュ、ウンジュなのに、なんであの子はドンジュ（銅柱）じゃなくてマルニョなの？　それであの子が迷子にでもなったら、一人だけ名前が違うのにどうやって見つけるの？　もう弟が二人もいるのに、なんでまだ末の娘《マルニョ》って呼ばなきゃならないの？　母さん、まだ男の子を産むつもりなの？　いま思えば笑い話だが、あの頃母さんは、それなりに理に叶った上の姉さんのそういう質問を、すべて「うるさい」とあっさり切り捨てていた。

上の姉さんは、大人たちがいないとき、小声で「ねえ、ドンジュ」と呼び、大人になったら名前が変えられることも教えてくれた。なのに私は、大人になってから四十年も、マルニョとして生きてきた。還暦をかなり過ぎてから、ようやく「キム・ドンジュ」になった。新しい住民登録証ができるや否や、上の姉さんのもとに駆けつけた。姉さんは私よりさらに感無量の面持ちで、目元を赤くして言った。じゃあ、ドンジュは、ドンジュなんだね。

「ねえ、ドンジュ」

「なあに？」

「ウンジュは手術、うまくいったって？」

「うまくいったよ」

「よかったね」

「よかったよねえ」

下の姉さんは、五十くらいの時に子宮がんの手術を受けた。子宮と卵巣を全部取って、放射線治療をした。骨盤や近くの臓器への転移を防ぐための治療だったという。かなりきつそうだった。それでもがんばって通院を続け、完治という診断をもらい、二十年後に肺がんで亡くなった。

生まれてこのかた一本もタバコを吸ったことがないし、周りにタバコを吸う人間だっていないのに、どうして肺がんなのかわからないと言いながらも、大きく絶望したり、悔しがったりする顔ではなかった。がんはあたしの宿敵らしいよ、と言ってヒヒッと笑うので、思わず私も笑った。夜、一人で部屋に横になっていると、自分のことがすっかり情けなく、恐ろしくなった。なんで、笑ったんだろう。考えなしに、なんでつられて笑ったりしたんだろう。一晩中後悔した。

すでに手の施しようがない状態だった。下の姉さんは、一人暮らしをしていた古い公営住宅に戻ってきた。長女が休職して住み込みで姉さんの世話にあたり、訪問ホスピスを申し込んで、週に二、三度、看護師さんにも来てもらった。看護師さんは姉さんの体調を確かめて痛み止めや栄養剤をくれ、薬も取って来てくれた。姉さんと姪の話を聞き、助言や慰めをくれた。臨終の準備をするようにと教えてくれたのも、ホスピスの看護師さんだ。おかげで子どもたちはみんな、下の姉さんの最期を看取ることができた。

私も、姉さんの家によく遊びに行った。ほとんど昔の話ばっかりしていた。覚えてる？あの時、姉さんに一番多くかけた言葉は「覚えてる？」だった。覚えてる？あの家のこと。覚えてる？あのこと。覚えてる？あの言葉。話しながら、私たちはたくさん笑った。姉さんたちも私もみんな小さかった頃、私たちは毎晩同じ布団をかぶって横になり、こそこそと話をした。そうすると、母さんがさ、早く寝なさいって、毎日私たちのこと叱ったよね。

ある時、トウモロコシを買っていった。一時期姉さんの調子が上向いた頃で、居間に新聞紙を広げて向かい合って座り、ゆっくりとトウモロコシの皮をむいて、ひげを取った。姉さんがまた、放射線治療をした時の話を始めた。

「あたしは、アレが本当につらくってね」

「つらいよねえ、つらいと思うわ」

「熱くてね、そういうもんじゃないらしいんだけど、どういうわけか火をつけられたような感じがして。メラメラ燃やされてるようで」

「そう感じることも、あるんだろうねえ」

「ものすごく泣いて、悲鳴も上げてね」

姉さんはぶるるっと身震いをさせると、付け加えた。

「だけど、そのおかげで今まで生きられて、年を取ったあんたと、こうしてトウモロコシをむいてるんだから。こうなってみると、何でもやれるうちが花だった気もするし。その時は、食べてくのに必死でさ」

「老けたのは私だけ？　姉さんはもっと老けたじゃない」

私たちが並んで昼寝をしている間に、姪がトウモロコシを茹でた。夢うつつに、甘く香ばしいトウモロコシのにおいがした。においは夢の中に入りこんできて、古い記憶を呼び起こした。庭の広かったあの家、狭い縁側、引き出しの上に畳んであった、薄い布団。布団から漂う布のにおい、草のにおい、夏のにおい。母さんの脇の下からするにおい、ご飯のにおい、焦げたにおい、土のにおい。母さんの後ろ姿、弟たちの後ろ姿、姉さんたちの後ろ姿。日が暮れる。私は切なくなって、床下に隠れておんおんと泣いた。寝ていたはずの犬のポチが近寄ってきて、涙を舐めてくれた。

「おばさん！」

姪だった。驚いた顔で、私の涙を拭いていた。

「どんな夢を見て、本当に泣いてるの？」

「どうしようもない夢」

「おばさんったら、もう」

姉さんと私は、子どもの頃のように、トウモロコシの粒を長く連ねて芯から外す競争をした。私がなんと十二粒連ねることができて喜んでいると、姉さんは十三粒を一列にして外した。いくら親指をまっすぐ伸ばしても十二粒は越えられなくて、結局、私が敗北宣言をした。姉さんは十三粒のトウモロコシをいっぺんに口に放り込んで、またヒヒッと笑った。

いい具合に冷めたトウモロコシはいい具合に歯ごたえがあって、簡単にはつぶれなかった。一粒ずつ口の中を転がっては奥歯のほうにいき、ぐっ、と噛みしめると薄い皮がプチッと破れて、ようやく中身にありつくことができた。うす甘かった。賭けるものの何もない勝負、子どもみたいな笑い声、もちもちしたトウモロコシが、下の姉さんとの最後の記憶だ。姉さんはある日曜の夕方、子どもたちの挨拶をすっかり聞き終わってから目を閉じたという。きれいな姿のまま記憶に残ってくれたことに、今でも感謝している。

淡々と受け止められるだろうと思っていた。姉さんとは十分時間を過ごしたし、たくさん話をしたし、その時の姉さんは、聡明で溌剌《はつらつ》とした、いつも通りの姿だったから。ひょっとしたら、だからかもしれない。余計後悔に襲われる。もし治療をしていたら、騙されたつもりで、がんを消してくれるというさまざまな民間療法に頼っていたら、そのうちの一つが、奇跡的に姉さんを救えたんじゃないだろうか。そうしたら、今も向かい合って、お互い老けたのなんだのとアラを探しながら、ヒヒッと笑えたんじゃないだろうか。

この歳になると、誰かと連絡がつかなければ〈死んだかな〉と思う。人の死があまりに身近すぎて、平然としている。おまけに私は、夫も見送ったし息子にも先立たれた。あの時は本当に生きていけないと思ったのに、また、いつの間にか、生かされている。あの人たちが一度も食べられなかったものを食べ、一度も行けなかったところに行き、このいい世の中を自分ひとりであじわっていることを、わびしいと感じるだけだ。それでも姉さんは死んだんだと思うたび、胸がつかえる。

この世に生まれた瞬間から、自分に似た姿かたちで自分の前にいた人。子どもの頃は本当に毎日ケンカをした。なのに姉さんと手をつないで学校に通い、住所を父さんに書いてもらって初出勤した日だって、姉さんの手を握って家を出た。結婚し、子どもを産み、育てながら、私よりちょうど二年前に結婚し、二年前に最初の子を産んだ姉さんの後を追いかけている気分だった。姉さんの死に、自分も死ぬんだという実感がわいた。

上の姉さんが、共用ロビーに行こうといった。息がつまる、出ようと自分で言ったくせに、車椅子に乗るのは嫌、歩行器を押していくのも嫌、私に手を貸されるのも嫌と駄々をこねた。廊下の壁伝いに長く設置された手すりを握って前に足を出したが、力が入らないのは足ばかりではなく腕もそうだから、しょっちゅうへなへなとくずおれた。

なんとかエレベーターの前までくると、突然、「うんちがしたい」と言い出した。絶対に、自分の部屋のトイレでするとと言う。私一人ならすぐそこだが、姉さんにとっては途方もない距離だ。私は、廊下の共用トイレの出入口を大急ぎで開けて見せながら、うちのトイレよりずっときれいねえ、ここ誰もいないわよ、と大げさに気を引こうとした。姉さんは返事をせず、ひたすら自分の部屋へと向かった。仕方なく、様子を探りながらゆっくりと後を追った。

姉さんは、右側の壁の手すりに右腕をのせて体をもたせかけると、右の脇の下に左手を伸ばして手すりを握った。手すりに体重をかけて両足をほぼ同時に出し、一歩前に進む。そして、倒れるみたいに上体を傾けて握りこぶし一個分ほど前を握り直し、また足を動かし、上体を傾けては足を出すことを繰り返した。服がずり下がったのか、片側だけずり上がっているのか、だぶだぶのホームの部屋着のズボンは裾の丈が違っていた。右側のズボンの裾をしょっちゅう踏んでいた。二十分ほど歩いたような気がしたが、部屋に入って時計を見ると、八分しかかかっていなかった。

「うんちが出ない」と言った。姉さんはしばらく便器に座っていたが、そのまま立ち上がった。こそんな時にも石鹼を泡立て、指の合間や指先や爪の下まで丁寧に洗い、完璧に洗い流した。こんなにきれいにしているのに、どうして姉さんの体にも、部屋にも、鼻を刺すような脂臭いにおいがしみこんでいるのだろう。何もしていないのにどっと疲れて、私は敷布団の上にごろんと横になってしまった。姉さんが隣にやって来て、私の頬を撫でながら言った。

「息がつまるだろ？　あたしたち、外へ出ようか？」

はあ。ただ、そうしようかねえ、とだけ返事をした。姉さんは、今度はおとなしく車椅子に乗った。車椅子を押して廊下を進む間じゅう、私は姉さんの頭の後ろを見下ろしていた。ぺったんこにつぶれた髪はすっかり薄くなって、肩は完全な撫で肩だった。頭も小さくなったし、背も低くなった。体は全体的に前かがみで、大きくて干上がったダンゴムシみたいに見えた。姉さん、どうしてこんなに変わっちゃったの？　独り言が口をついて出た。聞こえなかったのか、返事はなかった。認知症になる前は、ここまでひどい体じゃなかった。人の体と精神は、切り離せるんだろうか。互いに無関係に動くことはできるんだろうか。人に精神が、魂が、ありはするのだろうか。

「ねえ、ドンジュ」

「なあに？」

「あんまり速すぎる。目が回る」

いったん足を止めた。その後で止まった車輪をもう一度転がすのは骨が折れた。両手でハンドルをぎゅっとつかみ、腕ではなく体を前に倒して押しながら、ゆっくりと進んだ。ロビーに到着する頃、ようやくスピードが出た。

梅の木がよく見える窓の前で車椅子を止め、椅子を一つ引っ張ってきて、姉さんの横に腰を下ろした。花も葉もついていない木を、姉さんは心奪われたように見つめていた。私は腕を伸ばし、姉さんの手を取った。指先を探ると、爪はすでに短く、なめらかに切り揃えられていた。伸びるほど、爪を切るのは難しくなる。どんどん厚くなって乾燥して、爪切りがうまく奥まで入っていかないし、無理矢理なんとか押し込めば、切るのではなく砕けてしまった。鋭く割れて、欠けた爪。その荒れた指先で顔に引っかき傷も作るし、スカーフもつれるし、ストッキングにはすっかり穴が開いて指がすぽっと入ってしまった。それにしても、誰がこれほどきれいに、姉さんの爪を整えてくれたんだろう。

「おばあちゃん！」

入口の方から男の人の声がして、すぐにロビーにいるおばあちゃん全員が振り返った。もちろん、孫娘しかいない私も。背の高い青年がひとり、こちらに向かって歩いてきていた。そして明るい笑顔を浮かべる。顔はよく見えないけれどわかった。明らかに、私に笑いかけている。おやおや、私も耄碌《もうろく》したかしらね。

「大おばさん、いつ来たんです？」

言葉が唇で引っかかって、口の外へ出なかった。

「僕ですよ、スンフン。まさか僕のこと、忘れてないですよね」

「えっ、いやいや、もちろんだよ。うちのスンフンを、忘れるもんですか」

姉さんがスンフンの方に右手を伸ばし、すぐにスンフンがその手を握った。姉さんが言った。

「ねえ、ドンジュ。うちのウォンチョル、ずいぶん大きくなっただろ？」

「うん、おばあちゃん。僕はすごく大きくなったんだ。ものすごーく、大きくなったよ」

姉さんの長男のウォンチョルが、一度もホームに来ていないことは知っていた。お金の問題できょうだい仲がこじれ、今では連絡もよこさず、介護費用だって一切払っていない。スンフンの母親、だからウォンチョルの妹で、姉さんの長女のウォンスクがそう言っていた。費用は、長男を除く男女四人のきょうだいできっちり四等分して負担し、時間はスンフンが一番多く割いていた。

スンフンは、姉さんの食堂の狭い小部屋で大きくなった。ウォンスクはスンフンをすっかり母親任せにして勤めに出ていた。あの頃からスンフンはおとなしくて、騒がしい食堂の小部屋でもちゃんとお昼寝をしたし、空いたテーブルにお座りして絵も描いたし、折り紙でメンコも作った。お客さんに声をかけられれば一問一答で答え、おあがり、と飴やお菓子なんかをもらえば、「ありがとうございます」と受け取ってから自分の祖母に渡した。真面目でおとなしかったから姉さんは楽だったけれど、外ではずいぶんとからかわれ、叩かれてもいたらしい。

スンフンが五年生の時だったろうか。中学生のお兄ちゃんたちにいじめられていたことがある。一年くらい経ってから、布団を蹴飛ばして寝るスンフンの向こうずねが、どっちも真っ青なアザになっているのを見て、姉さんもはじめて気がついた。お兄ちゃんたちはお金を巻き上げ、手足のようにこき使い、殴り、タバコの火を押し付け、警察や大人に言ったらタダじゃおかないと脅していたらしい。

姉さんは、すぐにその子どもらのアジトに出かけた。補修工事を前にして空いていた、二階建ての小さな商店街の建物だった。スンフンの言っていた通り、駐車場脇の警備室のくぐり戸から建物には簡単に入ることができた。肩にかけたカゴには、刃渡りだけで三十センチになろうかという肉切り包丁が入っていた。料理用の包丁よりも尖っていて、先っちょが少し曲がっているやつ。

「肉屋に行って、豚のロースの分厚いところを一つ買ったんだよ。そして包丁をぶすっと刺してね。尖った刃先が出るように」

空き家になった商店街で、見覚えのある男の子が三人、頭を寄せてククッと笑っていた。姉さんが出入口を開けると、子どもたちは突然の大人の登場に戸惑い、ギョッとなった。姉さんは肉を突き刺した包丁を取り出して、真っ直ぐに掲げて言った。あたしゃ毎日、牛一頭を解体してる人間だ。牛の腹を裂いて、内臓を出して、骨を外して、皮を剝いで、骨と肉はエキスが出るまでじっくり煮込んで、皮と内臓と脂の塊は、人も入るくらい大きなビニール袋に捨てる。袋はそのまんま生ごみ処理場に運ばれて、粉砕されるんだよ。

「姉さん、気でも狂ったの？　それ、脅迫だよ。その子たちの親が警察に届けでもしたら、どうするつもりだったの？」

「それより前に、当座怖いのはその子たちでね。みんな、あたしより背も大きいし、体も大きいし。三人いっぺんにかかってきたら、包丁を取り上げられそうでさ」

「その子たち、かかってきた？」

「いいや。だまーって聞いてるから、あたしの話をよく覚えとけ、それと、スンフンをいじめるんじゃないって言って、平気な顔をして戻ってきた。店に着いてからも足がブルブルしててね。追いかけてきそうで怖くって、店の入口に鍵をかけて隠れてたよ」

「追いかけてきた？」

「いいや。来なかった。それに、それからはスンフンをいじめなくなった」

私はようやくホッとした。

「でも姉さん、本当に肉の解体もしてるの？」

「するわけないよ。処理済みのものを買ってきて煮てるだけで」

「牛で商売してる人が、なんで豚ロースを持っていったのよ？」

「あの子たちがそんなこと、見分けがつくと思う？　安くてそれらしく見えるやつを買ってってったのさ」

「その豚はどうしたの？」

「古漬けのキムチと一緒に、じっくり煮込んで食べた。スンフンが、いい食べっぷりでね」

スンフンは、姉さんの無謀な勇気と、ボリュームたっぷりのロースの古漬けキムチ煮を糧に、すくすくと成長した。

あの頃は私も、共働きの息子夫婦に代わって孫娘を育てていた。孫娘が学校に行っているあいだ、たまに姉さんの店へ顔を出したし、なんの用事でだったか、わざわざ孫娘を連れて行った日もあった気がする。孫娘とスンフンが並んで座り、宿題もやったし問題集も解いていた。せいぜい三つ上のうちの孫が、スンフンに勉強を教えて、本も貸して、しっかり世話をしていた。行き来は大変でも、姉さんの仕事を手伝えるのがうれしかった。

客でてんてこまいした後の短い休憩時間には、姉さんとホールに座ってアイスコーヒーを飲んだ。八十年近く生きているけれど、姉さんほどおいしくアイスコーヒーを作る人には、会ったことがない。スンフンが小さい頃使っていたスプーンで、インスタントコーヒーを二杯、クリームを三杯、砂糖を四杯に、氷をたくさん。コツを聞くと、コーヒーはマキシム、砂糖は白砂糖、みたいなことしかいつも言わなかった。そうしてある日、氷をぼりぼりと噛みながら言った。

「肉のスープがグラグラしてる脇で飲むからね。こんなに暑くて、狭くて、生臭いところで汗水垂らしてる最中に氷を浮かべて飲んだら、毒だって甘く感じるさ」

「よりによって毒だなんてやめてよ」

わずかであれ、姉さんの本音がこもっていそうで怖かった。

「冗談だって。疲れて死にそうでも、スンフンの手を一度握ったら、全部吹き飛んじゃうよ。ふわふわスベスベして、松餅《ソンピョン》〔秋の節句に食べるお餅。米粉の生地にゴマ、小豆、栗などを入れ、一口サイズの半月型を作って蒸し上げる。上手に整形できると「嫁いでからきれいな娘が生まれる」「子宝に恵まれる」などの言い伝えがある〕くらいだった握りこぶしが、いまじゃすっかり立派になって、あんまんサイズだ」

姉さんは、松餅を小さく、きれいに作るのがうまかった。そして、あんまんくらいだった手は、いまや姉さんが両手で握らなければならないくらい大きくなった。立派に、大きくなった。

ホームでの生活が長くなるにつれ、子どもたちも以前のようではなくなったらしい。週に二度ほどこまめに訪れるのは、もはやスンフンだけなのだと、保護士さんから聞いていた。今日も、祖母に会うために午後半休を取ったという。

「あんたが爪を切ってあげたの？」

「はい」

「磨いた？」

「はい？」

「爪の先よ。手入れするやつで、全部磨いてあげたの、って」

「あっ、はい。爪切りについてるんですよ」

心こまやかだねえ。その大きな体で、おばあちゃんの小さな手を握って、ふうふう言いながら爪の手入れをしている姿を思い浮かべると、笑いがもれた。

部屋に戻って桃の缶詰を一つ開け、三人で分けた。食べて、笑って、話をして楽しかったが、テーブルを片付けるなり、姉さんがげえげえと食べたものを吐き出した。服と、布団と、敷布団カバーまでが台無しだった。慌てた私がおろおろしているあいだに、スンフンは落ち着いてウェットティッシュを取り、口元や手を拭ってやると、職員さんを呼んだ。

トイレでスンフンが姉さんを洗い、職員さんは手早く寝具を交換した。それから二人は、長く一つのチームで仕事をしている人たちみたいに、手慣れた様子で服を着替えさせ、脇を支え、壁に寄りかからせるようにして寝かせた。職員さんが体温を確認して、熱はないが病院に行ってみたほうがいいだろうと言った。単に消化機能の問題ならむしろ幸いで、体のどこかに炎症があったり、血管が詰まったりしている兆候かもしれないという。スンフンが深刻な顔になると、職員さんはスンフンをぽんぽんと励ました。

「あんまり怖がらせるような言い方しちゃいましたかね。単に、もうちょっとよく調べてみましょうって意味ですから。大丈夫だと思います。あんまり心配しすぎないでください」

吐いて、シャワーを浴びて、姉さんはくたびれたのか寝入ってしまった。姉さんが寝ているあいだに、スンフンが広域バスの停留所まで車で送ってくれた。帰りは家まで送るから、一緒に夕飯を食べてもう少しゆっくりしていけ、と言われたが断った。うちまで来て帰ったら、真夜中になる。朝、会社に出る人に、そんな疲れることはさせられなかった。私は、寄るところがあって早く出なければならないと嘘をついた。

停留所に向かう車の中で、スンフンは、ありがたい、しょっちゅう来てほしいと何度も言った。子どもたち、だから、あんたの母さんやおばさん、おじさんはしょっちゅう来ているのかと訊きたかったが、やめておいた。スンフンには訊けない質問だった。

「スンフンは、とっても孝行だねえ」

「いやあ、そんなことはないです」

「実の子だって、あんたみたいにはできないよ。どうして？　こうやって、育ててもらった恩返しをしてるの？」

「恩返しっていうか、ただ……、おばあちゃんが好きなんです。うちのおばあちゃん、いいですよね。とってもいいじゃないですか」

家に帰るバスの中で、スンフンの言葉をずっとかみしめていた。うちのおばあちゃん、いいですよね。とってもいいじゃないですか。

上の姉さんが集中治療室にいると連絡が来た。スンフンからだった。

――母さんにはまだ電話するなって言われたんですけど、でも、大おばさんには伝えるべきだと思って。

面会が制限されていて、すぐには会うことがかなわなかった。子どもと孫が列を作って待っているから、順番が来たのは二日後だ。そのあいだ、姉さんに何かあったらどうしようという不安と、際限なく集中治療室にいさせられたらどうしようという不安の中で時を過ごした。

トイレの前に倒れていたのを、明け方に職員さんが発見したのだという。一体いつからそうしていたのか、夜にはおむつをする人が、その日に限ってどうして起き出してトイレに行ったのか、誰にもわからない。それ以来、ほとんどの体の器官が、動きを止めてしまったみたいにまともに働いていない。呼吸器と、鼻の管と、よくわからない電線がぶらぶら吊り下がっていて、姉さんの顔はあまり見えなかった。誰もが、私と同じことを考えているようだった。時が、来たんだな……。

「クムジュ姉さん」

呼びかけたが、次の言葉が浮かんでこなかった。姉さんから先に、ねえ、ドンジュ、と言ってくれれば、どうでもいい話がずらずら出てきただろうに。私が余計な真似をして桃の缶詰を持って行ったから、こんなことになったと思った。そうでないとは知りながら、しきりに姉さんに、スンフンに、他の家族に、申し訳なかった。罰を受けて立たされている人みたいに両の手を合わせ、言葉もなく立ち尽くしてから、外へ出た。

ずっとスンフンの姿が見えないので尋ねると、ウォンスクが長い溜息を吐いた。

「知りませんよ、あの子なんて」

「スンフンが、どうかした？」

「実は、こんな治療、全部無意味なんですよ。呼吸器で息をしてるんだし、血圧は降圧剤で持ちこたえさせてるし、かろうじて生きてるだけなんです。良くなる希望もありません。おまけに、呼吸器にしてから話もできないし、ずっと眠らされてて家族と目も合わせられない、集中治療室にいなきゃならないから面会もまともにできない。それなのにスンフンは、おばあちゃんを諦めないって言うんです。それって諦めですか？　母さんが今、どれほど苦しいか」

実は私は、まだわからないのでは、と、まず思った。

「病院では、何て言ってるの？」

「挿管はするか、心肺蘇生はするか、言われるのはそんなことです。しないなら同意書を書かなきゃならないんだそうです。子どもたちはみな、苦しませずに送ろうって決めたのに、スンフンが大騒ぎするもんだから、こんなことになっちゃったんですよ」

かけてやれる言葉も、してやれることもなかった。黙って両手でウォンスクの手を包むと、ウォンスクはうなだれて啜り泣きを始めた。妙なことだが、ふと姉さんがうらやましくなった。

スンフンは、会計窓口の前の待合室の椅子に腰かけていた。外来の診療時間が過ぎ、閑散とした待合室の真ん中で、誰かに置き去りにされたように、ぽつんと。見なかったふりをしようか、何か言葉をかけようか、と迷っていると、スンフンのほうが私を見つけて、大おばさん、と駆け寄ってきた。

「帰りますか？　お家まで送りますよ」

「平気だよ。なんでそう毎回、心配されるんだろうね？　おばあちゃんが迷子になりそうに見える？」

「いえいえ。僕、運転しながら話をするのが好きなんです」

「若い人が私みたいな年寄りと話をして、何が楽しいかねえ」

「楽しかったですよ。おばあさんと話をするのって、楽しいんですよ」

スンフンに肩を抱かれて、長男のことを思い出した。長男が高校生の時だったか、歩いていてこんなふうに肩に腕を回され、それがとても頼もしくて、うれしかった。その瞬間、夫に寂しい思いをし、恐れ、怒っていたこと全部が、どうでもよくなった。父の庇護にも、夫の束縛にも心底うんざりしていながら、それで逃げこんだ先が息子の肩だったなんて。スンフンをかわいい、健気だと思う自分の気持ちも、どこか浅はかに感じられた。

エンジンをかけながら、うちの母さんと少しは話したかとスンフンが訊いてきた。何か過ちをおかしたわけでもないのに、やたらと胸がちくちくした。久しぶりに顔を見た、ウォンスクもずいぶん老けたとつまらないことを言った後で、いろいろと心配事が多そうだ、と付け加えた。スンフンは、母さんの言ってることは正しいんです、とあっさり言った。家族が何を考えているか、何を心配しているか、全部承知しているし、その判断が正しいこともわかっているという。

「でも僕は、おばあちゃんのいない世界が想像つかないんです。奇跡みたいなものを望んでるわけじゃありません。ただ、生きているだけでいいって」

「でもね、スンフン、私なら、嫌だと思うんだよ。何にもできずに、ああして寝てるだけだなんて、いったいどんな意味があるの？」

交差点の信号が黄色に変わり、車はゆっくりとスピードを落として、横断歩道の停止線の前に止まった。スンフンが言った。

「どう生きたら、意味があるんですか？」

とっくに心臓が止まっていることを知りながら、私は、息子を助けてくれと医者にすがりついた。目も開けられず、話もできず、ああして寝ているだけでいいから、助けてやってくれ。まだ嫁いでない娘がいて、こんなに老いた母親もいるのだからと。本心だった。夫が、父親が、息子が生きていれば、その存在だけで家族の支えや慰めになると信じていた。あの時の息子と、今の姉さんはどう違うのだろうか。本当に違うのだろうか。

じゃあ、私は？　生産的なことは何もせず、一日一日、死ぬ日に向かって歩んでいくばかりの今の私には、意味があるのだろうか。

スンフンが、ちょっとホームに寄って行こうと言った。荷物をすべて持ち出せていなかったという。そのまま車に座っていようと思ったが、トイレを借りることにした。急いで一階のトイレを使い、ロビーでスンフンを待った。ホームの部屋着姿のおばあさんが車椅子に乗り、同じ服のおじいさんがその車椅子を押して私の前を通り過ぎて行った。二人は夫婦だろうか、友達だろうか、ホームで出会った恋人同士だろうか。おばあさんの無表情の上にしょっちゅう自分の顔が重なって、苦しかった。私の車椅子を押す、嫁と孫娘の疲れた表情が頭に浮かんだ。息がつまり、建物の外に出た。

外はすっかり真っ暗で、建物の外壁と梅の木のあたりに、あたたかくてぼんやりした照明が当たっていた。私はゆっくり歩いて梅の木の下に立った。これほど近くに来たのは初めてだ。埃のにおい、土のにおい、長く生きてきた木のにおい。手を伸ばして樹皮に触れてみた。ざらざらしているが、痛くもなかった。ひょっとしたら私の手が、鈍くなったのかもしれない。そうやってしばらく手で探っていた後で、照明を受けてキラキラしている太い根元、そこから突き出た枝、枝々から新たに顔を出した緑の小枝まで、木のかたち全体が見え始めた。夜になると、感覚は、嗅覚、触覚、視覚の順に、開かれていく。

低い枝の一つにゆっくりと手を這わせると、指先に、つん、と飛び出した何かが当たった。虫？　肝をつぶし、置いていた手がそのまま凍りついた。指の先を、くるっ、くるっと回してみた。小さくて、ひんやりしていて、滑らかで、虫というよりは、虫の卵？　首をすうっと伸ばし、目を細くして観察した。冬芽。緑の枝と対比をなす、赤紫色の冬芽。一歩下がって見上げると、小枝には冬芽がたくさんついていた。赤紫色をしてぎゅうぎゅうくっつきあっている冬芽もあるし、すでに少し開きかけ、合間から緑色をのぞかせているものもあった。

春が来れば、芽は花になるのだろう。真っ白な花が老いた木を覆いつくせば、痩せてひび割れた木の表面は、柔らかな花びらにさえぎられ、見えなくなるのだろう。胸がいっぱいになる見事な光景が目の前に浮かんで、鼻先に梅の香が漂ってくるようだった。風が吹いたら、白い花びらは、ちょうちょみたいにひらひら揺れるんだろう。こらえきれずいちどきに散って、ぼたん雪のように舞い落ちるんだろう。

その時、白い雪がひとひら、舞い降りて枝の先に止まった。花びらのようだった。顔を上げて空をあおぐと、雪片がゆっくりと舞っていた。雪が、ほんとに花みたいだねえ。花びらのようだねえ。姉さんは、花が散る前に来いと、しじゅう言っていた。花が咲いていても、花が全部散った後もそうだった。

やっとわかった。クムジュ姉さん、私もようやくわかったよ。花が雪で、雪は花だ。冬は春で、春は冬だ、ねえ、姉さん。

誤記

手書きの手紙を、託されたのだという。

「お話ししたじゃないですか。示談も取り下げもありえません。名前、年齢、職業、性別、どんなことも私にお伝えいただかなくて結構です。そのまま刑事告訴を進めますから」

受話器越しに、キム弁護士がためらうように、うーん、うーんと二回呼吸を整えてから言った。

「誹謗中傷のコメントを、一番たくさん書き込んでいた人がいましたよね？　あの人なんです。ですが、作家さんのお知り合いらしいんですよ。訴えを取り下げてほしいわけじゃない、ただ手紙だけは、必ず渡してほしいと。目を通してみたら、大した内容じゃありません。ヨンジュ大学での特別講座の後に、一緒にお酒を飲んだとか？」

ヨンジュ大学？　忠清北道《チユンチヨンプクド》〔韓国の中央に位置する地域〕のヨンジュ大？　じゃあ、まさか、先生？　私は慌てて言葉を返した。

「これから、取りに行きますので」

先生がメールをくれたのは一年前のことだった。さまざまな事件があった後で、記事も、読者レビューも、批評も、販売部数も足踏み状態になっていた頃だ。断りのメールを打つのも諦めるくらい殺到していた各種機関、図書館、学校からの講演依頼も少なくなっていた。

ノートパソコンを立ち上げるやいなや、習慣のように猫用品の販売サイト「にゃんこ大統領」で猫のおもちゃやおやつの口コミを調べ、『時事ＩＮ』〔韓国の時事週刊誌〕と『チャンネルＹＥＳ』〔韓国のオンライン書店、ＹＥＳ24が運営するオンラインマガジン〕の新しい記事を読み、面識はまったくないのに私がひとりで親近感を抱いている料理ブログ、おしゃれな本の画像をアップしているインスタのアカウント、この世のあらゆるイシューに息巻いているツイッターのアカウントを隅々まで眺めてからメールボックスを開けると、すぐに一通の新着メールが目に飛び込んできた。「ウンジン女子高教師、キム・ヘウォンです」。

ウンジン女子高。私の母校。私が、すべての記憶を消してしまった時間。キム・ヘウォンという文字を眺めていると、辛うじて閉まっていた古いドアが、ギシギシと音を立ててあっけなく開いた。私の本棚には、今も先生から借りた小説が置かれている。表紙は色あせて少しくすみ、本文の紙はこれ以上ないほど黄ばんだまま、古い本特有の黴《かび》くささを漂わせて。

高三の夏休みの補講の時だった。生徒指導主事もいないし、先生の中で唯一棍棒を持ち歩いていた体育教師もいなかったから、担任も他の先生も、よほどでない限り服装をどうこうは言わなかった。その日も白いポロシャツに体操着の半ズボンを穿いて登校した私は、校門の前でばったり生徒指導の教師と出くわした。

だから、見せしめみたいなものだった。生徒たちは誰ひとり制服を着ていなかったのに、私だけが生徒指導にカバンと腕と耳をかわるがわる引っ張られ、引きずられるようにして職員室に連れていかれた。生徒指導はずっと、このガキどもを見ろ、この生意気なガキども、このふぬけのガキども、と言っていた。私一人でなく、制服を着ていない三年生みんなに向けられた怒りであることは明らかだった。

すみませんでした、これからはちゃんと制服を着てきます、と答えたが、ついに職員室の真ん中でビンタを張られた。補講の教師全員が出勤し着席している別館職員室に、一瞬静寂が流れた。私の担任がキィーッという金属音を立てながらゆっくりと椅子を引いて立ち上がり、生徒指導の前へ歩み出た。右の手のひらで生徒指導の左肩をどん、どん、どんと押し、にじり寄った。

「いま、何をしたんですか？　僕の生徒に、何したんです？」

じりじりと後ずさっていた生徒指導が担任を押し返そうとしたその瞬間、キム・ヘウォン先生が私の肩に手を伸ばして、体の向きを変えた。

「行こう。一緒に出よう、チョア」

別館の裏門を抜けると裏山になる。誰が手入れをしているのか、そもそも手入れしているかどうか不明だが季節ごとに違う花が咲き、ニセアカシアの木と木の間には人が二人並んで歩ける小道があって、互いの邪魔にならない間隔でベンチがぽつんぽつんと置かれていた。先生はそこへ、私を連れ出した。

「ごめんね」

キム・ヘウォン先生に謝られるとは思ってもいなかった。殴ったのは生徒指導だし、ケンカをしたのは担任なのに。ごめんね、という言葉を聞いて我慢していた涙があふれ、私は両手で顔を覆ってしばらく泣いた。ひっく、ひっく、としきりにしゃくりあげるのをなんとかこらえて言った。

「私がペク・ミンジュでも、生徒指導はビンタしてましたか？」

今にも泣き出しそうな顔をさらに歪めたかと思うと、先生はそのまま笑い出した。ペク・ミンジュは生徒会長で文系のトップだった。卒業の時、成績と行動のいずれも模範的な生徒一人に与えられる「ムクゲ〔ムクゲは韓国の国花〕賞」を受賞したが、選考過程が発表されなくても異議を唱える者はいなかった。そういう子だった。先生は、落ちてくる私の髪を後ろに払いのけながら、やさしく言った。

「殴らなかったと思うよ」

私も笑ってしまった。とりあえず机の上にあるものを持ってきたのか、先生は国語の問題集と小説を小脇に抱えていた。

「貸してあげようか？」

小説を差し出して言った。何の脈絡も理由もなかったが、私はこくんとうなずき、本を受け取った。

濃い緑色の背景に、名札のように横長のオレンジ色の長方形が描かれ、中にはタイプライターで打ったような文字で『鳥のおくりもの』〔ウン・ヒギョンが一九九五年に発表した小説。十二歳の少女の目に映る社会をみずみずしく描き、大きな話題を呼んだ。邦訳は橋本智保訳、段々社〕。

休み時間や昼食時間のたびに読み、自習時間も先生の目を盗んで読み、家に帰ってからも明け方まで読んで、結局、最後のページを閉じてからようやく眠った。そして、卒業まで二十回は読み返した。私が高三の二学期にしたことといえば、受験勉強と『鳥のおくりもの』を読むことだけだった。

返せなかった。その本を読まずには、一日も耐えられないと思った。そうやって修能《スヌン》試験〔国公私立の四年制大学入学希望者全員に受験が義務付けられている「大学修学能力試験」のこと。試験結果を受けて受験生は受験校を決定し、各校が実施する二次試験を受験する〕を受け、願書を書き、さらに面接や論述試験を受けて回り、卒業式を迎える頃には本はすっかりよれよれになってしまっていた。どれほどページをめくり本を広げたのか、厚さは一・五倍くらいになってどの角も丸く擦り減っていた。お詫びして返すか、新しい本を買って渡すか、迷っているうちにどうにもできないまま学校を後にした。当時も今も私は、そんなふうに小心者で、判断が下せない。

メールにあった番号にかけると、先生は電話に出るなり「チョア？」と言った。

「あれっ、私の番号だってわかったんですか？」

――ううん。さっきメールの開封確認メッセージが来たから。

いかにも旧交を温めるかのように、お互いの近況を尋ねあった。先生はウンジン女子高に勤務してはいなかった。忠清北道のヨンジュ市にある、小さな私立大学のメディア創作学部で学生に教えていた。

ウンジン女子高の国語教師時代に修士号を取り、博士課程を修了した。その後退職し、非常勤講師として働きながら博士号を取得した。経済的にも精神的にも一番苦しい時期だった。やがてヨンジュ大学の採用公募を見かけて応募し、一年毎の再契約を条件に採用された。先生は、いい年だし、学歴はパッとしないし、これといったキャリアもないのに採用された、ラッキーだったと言った。私が、もう教授さまですね、カッコいい、と精一杯おだてると、先生は「ありがとう」と言いながらも、ウンジン女子高で仕事していた頃だって楽しかった、と言い添えるのを忘れなかった。

――高校の教員が嫌とか、生徒が嫌いとか、授業するのが嫌とか、そういうんじゃなかったの。あの頃、大変は大変だったけど、楽しかった。生徒たちもみんな可愛かったし。ただ、もっと勉強したくて、していているうちにここまで来ちゃった。

私の暮らしぶりは、インタビューや記事で読んでいると言った。

――これからどう過ごすかも知ってるわよ。来週は、台湾のブックフェアに行くんでしょ？

で、下半期には新しい長篇小説が出て。

かなり多くの生徒を教えたが、芸能人やスポーツ選手になった教え子は一人もいないという。先生は、教え子のうちで私が一番の有名人だと言い、それでなんだけどね、と慎重に用件を切り出した。わかっていた。特別講座を依頼したくて連絡をくれたことを。もちろんメールをもらった時は、ウンジン女子高の特別講座だろうと思っていたが。


ただ小説を書くだけで生計が維持できる日が来るとは、思ってもいなかった。あの小説を書いている間も、出版社から本にしようと連絡をもらった時も、しっかりとした美しい表紙をまとって刊行された時も、そうだった。

出版から六か月ほど経った頃にカフェのアルバイトを辞めた。デビューして以来初めて原稿依頼なるものが入りはじめ、アルバイトまでしている時間がなかった。さらに二か月後、論述学習塾の講師もやめた。塾長は、私が小説家としてインタビューを受けたり、コラムを連載したりしていることを塾の宣伝に使いたがった。文章を書く人間が文章を書く授業をするのはおかしいことではないが、教えているジャンルの文章と書いているジャンルの文章にはかなりの開きがあった。お互い嫌な思いをする前に整理をするべきだろうと思って塾を辞めた。何より、印税収入だけで生活してもまだ残りがあった。

それほど急進的でも過激でもないあの小説は、あまりにも多くの言葉に覆いつくされた。中年の男性俳優が読んで推薦し、「概念男《ゲニヨンナム》〔政治や社会分野で自分の意見を持ち、常識的にふるまえる男、の意〕」ともてはやされているあいだ、ラジオで小説を紹介した若い女性のＤＪは自身のＳＮＳにあれやこれやと弁明の文章をアップし、それでも中傷コメントが続くと、アカウントを非公開にしてしまった。おかげでたくさん読まれたし売れたのは事実だ。再びさらに多くの言葉が作られ、また売れ、また言葉が作られるという流れが好循環だったのか悪循環だったのか、よくわからない。

文章でできることがあると信じていたし、責任感を持って書くべき文章もあると思っていた。怖くて、孤独で、虚しくなることは多かったが、読んで、考えて、問うて、記録として残そうと努めた。だが、敵意は好意よりはるかに強力だった。私が語っていない言葉が引用符にくくられてインタビュー記事に載り、私の小説にありもしない文章やエピソードがインターネットのレビューにアップされた。

結局、私が負けた。利用されているという感じ、絶対に抱くまいと思っていたその感覚にとらわれた瞬間、私は、自分が壊れてしまったことに気づいた。私が行かなくてもいいパーティに招待された。招待客名簿には私の名前が間違って書かれていた〔イ・ラン「世界中の人々が私を憎みはじめた」の歌詞〕。目からは涙がぽとぽと落ちているのに、赤い靴を履いた足は楽しそうに踊っていた。私の目標はただ一つ、靴を脱ぐことだった。

新しい提案や依頼をすべて断っていた中でヨンジュ大学の特別講座を引き受けたのは、昔の思い出が切ないからでも、幼い自分を慰めてくれた先生への感謝からでもなかった。いまさらながら、本を返したかった。この本のおかげで、人生で一番苦しかったある時期を無事に乗り越えられたと伝えたかった。

すぐにヨンジュ大学のサイトとフェイスブックに特別講義の告知がアップされ、最初についたコメントは「来る途中に、死んじまえばいいのに」。ひょっとしたら講演中に生卵でも投げつけられるのではないかと怖くなった。力を入れてつかめば崩れてしまいそうな先生の『鳥のおくりもの』と、表紙が変わって新たに出版されたハードカバーの『鳥のおくりもの』、そしてクッキーの詰め合わせを手にムグンファ号〔韓国鉄道公社の列車種別。韓国のほとんどの地方路線で運行している〕へ乗りこみながら、二度とどんな講演も受けるまいと心に決めた。

生卵を投げる人は、誰もいなかった。小講堂は学生であふれ、講演は想定していたより早く終わったが質疑応答が長びいて、特別講義全体では予定時刻を大幅に越えて終了した。サインも一時間ほどしたと思う。サインをしながら訊くと、近くの別の大学の学生もたくさんいて、文学を教えている人も少なくなく、遅ればせながら緊張が走って恥ずかしくなった。

先生と、普段から私の小説をよく読んでいるという学生二人で、一緒に遅い夕飯を食べに行った。タクシーの助手席に座った先生が顔をこちらに向けて振り返りながら言った。

「チョア、もしかして魚そうめん《センソングクス》って食べたことある?」

「海鮮うどん《ヘムルカルグクス》ならありますけど」

「あはは。海鮮うどんとはまったく別物で、言ってみれば魚のお粥に似た感じね。辛くて、どろどろに煮込んであるの。とりあえずはこの辺の郷土料理みたいなものだから、一度食べてみてよ」

トリベンベンという、フライパンに川魚をぐるりと並べて揚げ焼きし、タレをかけた地元の名物料理が真ん中、魚そうめんがそれぞれの前に一皿ずつ置かれたテーブルに腰を下ろした。両方ともテレビでしか見たことのない、初めて食べる料理だった。魚そうめんは意外に生臭さがなかった。魚の身がたっぷり入って香ばしく、食べごたえがあった。油で揚げて甘辛いソースをつけたトリベンベンのおいしさは、言うまでもなく。

最初は焼酎を頼んだ。二本空いたあたりで、学生のうちの一人が、もう帰らなければと言った。一緒に写真を撮りたがったが、顔があまりに赤くなっていたので次の機会にしてもらった。サインはした。指でペンがしきりに滑り、もう酔ったのかと怪訝に思ったし、少し不安になった。

先生が焼酎とビールを一本ずつ追加で頼んだ。なにげなくグラスの半分くらいまで焼酎を注いで、その上からビールをほんの少し、ちょろちょろと足した。

「混ぜないでグッと飲んでみて。甘いから」

まさか。グラスを受け取って一口飲むと、本当に酒が甘かった。私はグラスを一度しげしげと眺めてからまた飲み、うわあ、うわあ、と感嘆の声を上げた。甘い酒で酔いが回りいい気分になった頃、先生が、告白することがあると言った。

「実はね。あの本、あたしが貸したんじゃないのよ」

「えっ？　本ですか？　『鳥のおくりもの』が、ですか？」

「うん。チョアがなんか記憶違いしてるみたいね。あんたがキム・ソンテに叩かれた日のことでしょ？　夏休みの補講の時」

「ええ」

「そう、あたしが裏山に連れて行ったたっていうのは正しい。それで、一時間目があんたのクラスの授業で、先生が先に教室に入ってるから、チョアは顔を洗ってからゆっくりおいでって言ったでしょ？　そしたら、シャツの胸元をすっかりびしょびしょにして入ってきて」

そうだったたっけ？　それは覚えてない。とにかく、三年生の夏の補講で私が生徒指導からビンタをされて、そんな私をキム・ヘウォン先生が裏山に連れ出して慰めてくれたことは、合ってる。生徒指導の名前って、キム・ソンテだったんだ。でもって、先生から『鳥のおくりもの』を借りた記憶は私にだけあって、私がシャツをびしょびしょにして教室に入ってきたという記憶は、先生だけにある。くらくらした。ビールと焼酎をさらに追加し、魚の天ぷらを注文した。因果関係のないたくさんの言葉が次から次へと飛び交った。

ヨンジュ市にはゆかりがあるのかと訊くと、何の縁もない、だからこそ、迷うことなくヨンジュ大学を志望したと言った。先生は淡々とした調子で、父親からずいぶん殴られてたしね、と付け加えた。思春期を過ぎてから体罰はだんだんに減り、成人してからは一度も殴られたことはないが、それでも今まで忘れられないという。あの雰囲気と苦痛、不安と憂鬱。

「だからあの時、チョアを連れ出したのかもしれないね。ほっぺを真っ赤にしてつっ立ってるあんたが、まるで自分みたいで。あたしもそうだった。自分が悪かった、二度としませんって泣いて、頼んで、すがりついていても、一発パンッて殴られたら、その場で固まってしまってたよね。言葉も出ないし、涙もピタッと止まって」

妹は早いうちに結婚というまた別の束縛へ去り、先生は無気力な母親を守ろうと孤軍奮闘したものの、結局、家族みんなを捨てて逃げ出した。父親の暴力が無能さから来ていたことが、今ならわかる。家の外で失敗するたび、家の中は自分の思い通りになると確認するように暴君になっていたから。そして、先生は父親についての記憶をさらにいくつか打ち明け、私はひたすらだまって聞いていた。詳しく尋ねることも、自分の話を持ち出すこともしなかった。苦しくなっていた。

「やだ、あたし酔ったみたい。生徒相手に、くだらない話ばっかりして」

「今は生徒じゃないじゃないですか」

「そうね。あんたの本のカバーで作家プロフィールを見て、あたしがどれだけ驚いたかわかる？　あたしたち、八歳しか違わなかったのよ。今は二人とも四十代？　一緒に老けていってるってわけ」

先生は肩を上下に揺らしながらククククッと笑った。私は笑えなかった。先生は私をじっと見ると、今の生活に満足している、あんまり心配しないで、と言った。私は、よかったです、と答えた。

午前三時過ぎに店を出た。先生は、自分の家でひと眠りしていけと言った。気づまりだし、あまりにも迷惑になりそうで気がひけた。駅の近くのカフェやロッテリアみたいなところでコーヒーを飲んで、六時の始発に乗ろうと思うと答えた。先生は、今度も肩を上下に揺らして笑った。

「ここで、今の時間にやってるカフェはありゃしないわよ。二十四時間営業のカフェ、二十四時間営業のファーストフード店、そんなもの、ソウルの街中以外どこにあると思ってるの？駅で野宿したくなければついてきなさい」

私は不本意ながら先生の家で午後まで眠り、一緒にお店に行ってヘジャングク〔酔い覚まし用のスープ〕を食べた。

ソウル駅で降りるなり、この二日間の出来事がすべて夢だった気がした。頭が痛くて胸がむかむかするが、単なる二日酔いなのか、不快感や後から出た疲れなのか、区別がつかなかった。家に到着するとすぐに熱いお湯で半身浴をし、濃い蜂蜜水を作って飲み、また寝た。一晩中一度も寝返りを打たなかったのか、朝になって目を覚ました時、寝入る前に毛布を引っ張りあげた時と同じまま、手が縫い目をぎゅっと握りしめていた。

冷たい水を一杯飲んでから机の前に行き、腰を下ろした。忘れていた記憶が、降り注ぐみたいにいっぺんに頭の中でよみがえった。息がぐっと苦しくなり、心臓がどくどくと激しく打ちつけた。大きく深呼吸をして心を落ち着けていたその時、先生からカカオトークが入った。「昨日は、ちゃんと帰った?」私は「はい」と返事を送った。二つの文章をじっと眺めるうち、自分の返事があまりにも短すぎて失礼に思え、「家に着くなりまた寝て、今起きたところです」と一行さらに付け足した。そして「クク」と送った。先生も「クク」と返してきた。

クク。ククッ。クックッ。クククククククッ……面白い? これが、可笑《おか》しい? ビスケットが砕けるみたいにささやかで低い笑い声は、ビスケットにむらがる真っ黒なアリの群れになって耳のふちを這い、もぐりこんできた。鼓膜を揺さぶり、耳の骨と蝸牛管《かぎゅうかん》と神経を伝って、脳へ向かった。アリの群れは頭の中をわらわらと歩き回り、目を抜け、鼻穴を抜け、気道を伝ってぱらぱらと落下した。気道を突き破り、肺を突き破り、体中に広がって、とうとう心臓を食いちぎり始めた。私はひどく心が痛み、シャツの胸元をつかんで机に突っ伏した。

這うようにしてキッチンに行き、鎮痛剤を一錠飲んだ。鎮痛剤は頭痛をやわらげる薬だから、心の痛みにも効果があるという記事を読んだことがある。あの頃私は、体ではなく心が痛んで、毎日鎮痛剤を飲んでいた。

ふらふらとまた机の前に戻ると、先生からさらにメッセージが届いていた。昨日、酔ってつまらないことをたくさん言ったので忘れてくれという。つまらないこと？　先生は何の話をしてたっけ？　私たちはあまりに酔っていて、先生が何の話をしていたかはっきりとは覚えていなかった。ただその夜のやりとりが、自分の感情と記憶の奥底に沈んでいた何かを呼び覚ましたことは確かだ。私はノートパソコンを開け、自分の話を書き始めた。

それは、事故だったのだろうか。

父は唇が黒ずんでいた。体調が悪そうにも見えたし、寒そうでもあったし、陰気そうだった。常に口数が少ない父がたまに口を開くと、口の端に黄色くねっとりした唾がたまった。私はそっと吐き気を我慢することが多かった。

父が言葉を選び、我慢し、飲み込むあいだ、代わりに口を開くのは母だった。眉間に深く長い皺を作った状態で、いつも何かを言い立てていた。だからといって母のことが嫌いだったわけではない。もともとそういう人なんだろうと思っていた。だがある時から、その役目を兄が担うようになった。私を除く家族みんなが当たり前で自然なことと思っていた過程が、私には受け入れがたかった。毎日毎日、とても小さくて華奢な魚の小骨を飲み込んでいる気分だった。ある日は喉をかすかに引っ掻いて通り過ぎ、ある日は切り裂かれるような痛みに、それ以上ご飯を飲み込めないと思うくらいだったが、運が良ければごくんとやり過ごすこともできた。恐怖も痛みも、私だけが感じているものだった。

私が高校一年生の時、タクシー運転手だった父が、信号待ちをしていて後続車に追突された。脊椎に大ケガを負ったなどではなくて、少し筋肉を痛めた。だが、一週間ほどしっかり休めばよくなるという医者の見立てを裏切って、父はほぼ一か月、近所の整形外科の六人部屋に横たわったまま身動きできずにいた。それからタクシーの仕事を辞めた。道路が恐いと言った。目の前の車のライトが睨みつける目のようで、バックミラーの中の後続車がずっと迫ってくるみたいで、同じスピードで並んで走る隣の車線の車がだんだんに大きくなると言った。以降、日雇いの仕事をいくつか転々としたが、挫折して怒り狂ったのは父本人でも母でもなく、兄だった。そしてその感情を私に向けて爆発させた。

兄は、私が少し遅くなっただけでも火がついたように怒った。家に入れないように門に鍵をかけてしまうことも、私の髪をつかんで引きずり回すこともあった。そうしてから必ず私のカバンをひっくり返して財布を調べた。私がいくら持っているか、なぜ知りたがったのだろう。私はよく、何様のつもりで私の持ち物に手をつけるんだと大声を上げ、悪態をつきながら目の前の物を手当たり次第投げつけていた。

その日は、兄が中国のある名門大学に合格した日だった。ソウルでも指折りの大学の中国文学科に在籍中だった兄は、ずっと、チャンスがあれば中国で勉強したいと言っていた。ひとまず高校に通うのもうんざりだった私には兄が理解できなかったが、理解できないことは、それだけではなかったから。

塾から帰る途中で家の前のパン屋さんに寄り、小さなケーキを買った。同じ家、同じ親の元で育った兄と私だけにわかる感情があった。だからこそ余計兄が嫌いだったのだが、気の毒な気もした。兄の願いが叶ったことは心底うれしかったし、胸がいっぱいにもなった。ろうそくは何本必要かと店員に訊かれ、四本くださいと答えた。うちは四人家族だから。ケーキにくらべてやたらと大きな箱を手に家に入りながら、自分がまるで、まぎれもない仲良し家族の一員になったみたいで、笑えたし愉快だった。

玄関に、兄の靴があった。

「母さん、お兄ちゃん家にいるの?」

スニーカーを脱ぎ捨てて板の間に上がると兄の部屋のドアが開き、寝起きみたいに頭がぼさぼさの兄が、目をこすりながら出てきた。

「もう寝てたわけ? みんな、お祝いパーティしようよ! ケーキ買ってきたからさ!」

ケーキの箱をシンク台の上に乗せて母と父を順番に呼ぶと、ねちねちと兄が言った。

「おまえ、それ何の真似だ?」

「さっき、塾に行く前に母さんから聞いたよ。お兄ちゃん、合格したんでしょ」

「で?」

「えっ?」

「で？　だから？　クソ楽しく、パーティをしようってか？」

私は消え入りそうな声で、やっとの思いで言った。おめでと。兄はケーキの箱を開けてチラッと見ると、また私に目を戻した。

「頭が悪いんなら、空気ぐらい読めや」

そしてそのまま部屋に入っていってしまった。少し離れて兄の様子をうかがっていた母がようやくやってきて、投げ入れるように乱暴にケーキを冷蔵庫の中へ突っ込んでしまった。

「うちのどこに、お兄ちゃんを留学させるお金があると思うの？　それでなくても気が立ってる子に、なんでおまえは逆撫でするようなことを……」

お兄ちゃんが働きながら大学に通うのはダメなの？　中国ってアルバイトするところはないの？　と、ごく小さな声で不満を漏らした。私を思ったらどんな気持ちか知りたかったが、訊かなかった。母は、はあーっと溜息を吐きながら、お兄ちゃんを思うと胸が痛むと言った。

父が再びハンドルを握るようになった。そして再就職から一週間後、タクシーごと高架道路から八メートル下の空き地へ墜落した。明け方で道路も空き地もガラガラだったから、亡くなったのは父だけだった。

友達と酒を飲んでいて、ずっと後になってから病院に来た兄に、私は、全部あんたのせいだとまくしたてた。父さんはあんたのために運転した、留学だろうが勉強だろうが何の意味もない、父さんを返せと泣きわめいたが、突然、目の前がピカッとしたかと思うと真っ暗になった。

私はそのまま固まってしまった。たちまち頬がひりつき、熱くなった。

それから兄とは一言も話さなかった。難しいことではなかった。兄はすぐに中国へ行き、八年そこで暮らしたから。父の死亡保険金やさまざまなお悔やみのお金はそっくり兄の入学金と生活費に回され、私は大学のあいだずっと死ぬほどアルバイトをしても、卒業の段階で一千万ウォン以上学費ローンが残っていた。今も、私たちは話をしていない。

その日のことを書いた。兄がケーキを投げ捨ててめちゃくちゃにしたことに、父がその場を飛び出して自ら命を絶ったことに、若干ドラマチックにシチュエーションを変えた。自分の話を書くのは初めてだった。習作の頃から、決して自分の経験を題材にしたり、自分の個人的な感情を晴らしたりするために小説は書かないと誓い、ちゃんと守ってきた。その原則が崩れたのだ。私は取りつかれたように、ノートパソコンの前に八時間座りっぱなしになって小説を完成させた。家族の反応が怖かった。

各種文芸誌やオンラインの文芸サイトに発表した短編小説まで、兄がすべて探して読んでいるのは知っていた。母からときどき聞いていた。今度の小説も明らかに読んでいるだろうに、兄からの連絡はなかった。申し訳ないと思ったのか、いまさらながら反省でもしたか、あの小説はウチのことかと訊くのはためらわれたか。あるいは、あまりに悔しくて腹が立って、むしろ言葉を失ったか。心配していた家族からは取り立てて話はなく、抗議が入ったのは意外な人物からだった。

特別講義以降、互いに一度も連絡をとっていなかったキム・ヘウォン先生から、真夜中に電話が入った。

——どうすれば人の話をそのまま盗んで書けるわけ？　あたしにとって一番しんどい記憶なのに、本当に、やっとの思いで打ち明けたのに、どうしてあんなことができるの？

「はい？」

——今度の『Littor』〔韓国の出版社が刊行する文芸誌〕に載った小説、あれ、あたしの話でしょうが！

「ち……違いますよ」

——そっくりだったわよ？　完全に同じじゃないの。

先生は、私が先生の父親の無能な部分と暴力的な部分を切り離し、「父」と「兄」という二つのキャラクターを作ったと主張した。母親が入院している病室で父親から殴られたという先生の話を、父親の死亡後に兄から殴られたふうにチラッと変更した、兄がカバン検査をして財布にいくら入っているか確認するエピソードは先生の父親の行動と全く同じで、主人公が暴力を受けた瞬間、そのまま凍りつくのも自分と同じだと言った。

「先生、世の中には父親や男きょうだいからの暴力を経験した女性たちは、とてもたくさんいますよ。絶対にあってはならないことですけど、実際は本当によくあることじゃないですか」

——よくあること？　ずいぶん簡単に言ってくれるわね。作家さま、作家さまってチヤホヤされてるから、地べたでもがいている女たちのことをバカにしてるんでしょ？　適当に引っ張ってきて普遍だの平凡だの言って、薄っぺらいものにしてもいいと思ってんでしょ？　あんたが、それと、あんたの小説を読んでる人間が、世間の女の人生はみんな違う、それぞれが自分のつらさに耐えてるって、想像できると思ってんの？

「どうしてできないって思うんですか？　それ、先生だけができるわけじゃないですよ」

自分のことを話してくれる女性たちは多かった。図書館での講演が終わった後、インタビューを始める前、書店のサイン会でのわずかな瞬間にも、返答や助言を求めてではなく、あふれだして仕方がないというように言葉を継いでいた。この親指の先っちょは、工場で仕事をしていたときに切断してね、実家の母親に子どもを預けてるんですが、元気でいるかはわかりません、わたしは、べとなむからきて、ことばがよくわからない、私は#MeTooの告発者です……。私たちは互いにありがとうと言い合った。本を書いてくれてありがとうございます。読んでくださってありがとうございます。話してくれてありがとうございます。来てくださってありがとうございます。

最後まで、あの小説は自分の話だと言えなかった。私だって語り、文章を書き、考えや感情を表に出す資格のある人間だと抗弁するようで嫌だった。いったい、その資格はどんな基準で、誰が、どうやって、決めるというのだ。自分自身にも、先生にも、その誰にも、そんな条件を突きつけたくなかった。ただ、疲れ果てていた。私は電話を切ってしまった。

小説がどう読まれているか気にかかったが、単行本に収録されるまではなかなか短編の感想を知ることはできない。編集者に訊こうとメールを打ちかけてやめた。真夜中に、私ってば何をしてるんだろう。

結局、検索サイトに短編小説のタイトルを入力した。小説についてアップされた内容はなく、ところどころに単語が含まれた、まったく違う文章ばかりが現れた。オンライン書店のサイトでも雑誌に対する星の数やレビューは上がっていなかった。びくつきながら、自分の名前を検索した。最後に検索したのはいつだったろうか。あまりに多くの掲示物や記事、それに付いたコメントが目の前に現れて、吐き気を催した。

たまに近況を携帯メールで伝えあっていた大学の先輩が、突然ごはんに行こうと連絡をよこしたことがある。料理が出てくる前に、最近の若い女の子がどれほど性悪で小賢しいか、だから、自分の息子を含めた最近の男の子がどれほどの被害を受けているかと私を責め立てた。アルバイトをしていたカフェの中年の社長が電話をよこし、「よォ、大先生、おおっと、もう言葉遣いに気を付けないといけないかな?」と挨拶の言葉を口にしたこともあった。別の女性作家のすばらしさを語るために私が比較対象として引っ張り出されたり、批評や論戦や議論の中で私の小説が薄っぺらいパズルのピースみたいに切り刻まれたり、はめ込まれたりしたことは数限りない。

私が生きてきた長く複雑な時間と、今遂行しているいくつかの役割と、文章を書く人間であり、同時に生活者であることからくる多くの悩み、それぞれの悩みから生まれるそれぞれ別の文章がすべて、安易に要約され、勝手に使われていた。薄っぺらいものって何だろう。何をどうしたら、薄っぺらいものにしたことになるのだろう。それから、一文字も書けなくなった。

取材で知り合ったキム弁護士とは、たまに会って食事をするつかず離れずの友人関係になっていた。キム弁護士は、自分が手伝ってやるから誹謗中傷コメントの投稿者を告訴しろとたびたび言った。

「ちゃんと説明して説得するのも、苦痛を打ち明けて情に訴えるっていうのも、全部通じませんよ。スパッと法に訴えるべきなんですって。突然警察から連絡が来て、和解金を用意するのに苦労して、そうやって罪人扱いされてはじめて、自分がどんな真似をしたかに気づくんだから。ようやく、しんから反省するんです。それに、誹謗中傷コメントは示談なしで告訴するって噂が広がれば、投稿も減ると思いますしね」

「実は、誹謗中傷の書き込みはそれほどダメージではないんです」

「それでも誹謗中傷を減らすことから始めましょうよ。無視して暮らすほうが楽だって思うでしょ？　違うんです。対応して、抗議して、告訴して、全力を尽くして生きてこそ楽になれるんです。そうすれば、人にやたらと揺さぶられることはありません」

面倒ばかりで大した収入でもなく、弁護士にとってうれしくない事件なことはわかっている。

そんなふうに言ってくれるのはありがたい、告訴するようなことになったら必ず助けを求めると伝えた。あの時はまだ、本当に告訴するつもりはなかった。いつ再び小説を書けるようになるかがわからないので契約金は返金し、契約を破棄したいという二度目のメールを書いていて、このままではいけないと思った。

記事に書き込まれたコメントはもちろん、各種掲示板、個人ブログ、SNSの文章やコメントを集める作業はキム弁護士の事務所がしてくれた。単純な誹謗中傷にとどまらず、具体的な脅し、性的な表現とともに書かれたケースを優先的に選んだ。侮辱のみならず脅迫や通信メディアを利用した猥褻行為に該当し、処罰のレベルが上がるからだ。

そんなふうにまとめた一次告訴状だけで数百枚になった。一つの警察署で一度に手続きをするときちんと処理されなさそうで、五か所に分けて進めた。私が直接行って手続きをした。つらくなるだろうと思ったがそんなことはなかった。告訴状を出す時も、告訴人の陳述をする時も面白く、取材をしているみたいで意外と興味深かった。

事件は遅々として進まず、私はあいかわらず小説を書けていない。

「お知り合いですか?」

手紙をすべて読み終え、再び畳んで封筒に入れる私に、キム弁護士が慎重に声をかけてきた。

「会ったことは、あります」

キム・ヘウォン先生ではなかった。あの日、最後まで残って一緒に酒を飲んだ、先生の教え子。顔も名前もまったく思い出せない。あの学生はどんな話をしていたろうか。最後まで残っていたんだろうか。学生が、いたことはいただろうか。いたんだろう。だから、あの夜私たち三人がどれほどたくさんの話をしたか、どれほど深く互いを理解したか、どれほど互いに慰められたかをこんなにも美しく、切なく書けるんだろう。同時に、私の痕跡をしつこく追いかけ回し、あんなにも侮辱的な文章を残して。その二つの心はどれほど違うのだろうか。果たして違うのだろうか。

「大丈夫ですか？」

私はうなずいた。

「大丈夫です。それと、この方も同じように告訴を進めようと思います」

「裏切られたような感じ、でしょうか？」

「いえ。なんとなく。処罰されるべきレベルの誹謗中傷を書き込んだことは、間違いないですから」

今度はキム弁護士がうなずいた。もう一度大丈夫か、一人でいられるかと訊かれ、コーヒーでも一杯飲んでいけと言われたが、断った。すべきことがあった。

家に着くなり作業部屋に駆け込んで、机の上のノートパソコンを開いた。私は「キム・ヘウォン先生へ」で始まるメールを書く。すみませんでしたと、あんなふうに電話を切った自分自身が恥ずかしいと。小説の中身の大部分は私の経験で、私たちが似た経験をしたことは事実だが、だからといって私たちは同じ人間じゃない、同じ人間じゃないけれど、先生と一晩中交わした会話が私の記憶を呼び起こしたことは正しいと書く。だから、先生の抗議は妥当だと書く。息がつまりそうで疲弊していた高三の時間、無能な自分を蔑む気持ち、私まで大学にやる余裕はないと、大学受験の朝にワカメスープを作る〔ワカメのつるんとした食感が試験に「滑る」ことを連想させ、受験日には食べないほうがいいとされる〕母に耐え抜けたのは、『鳥のおくりもの』と先生のおかげだったと書く。先生がいたから、今自分はこうして生きていると書く。あの時は自分の苦痛が大きすぎて、こんな悩みさえ贅沢だった同年代のことが考えられなかったことは事実だし、そのことが恥ずかしいと書く。だけど私は、自分の経験と事情という領域の外にも熾烈な人生があることを知っている、私の小説の読者も、いつだって私が描いた以上を読みこんでくれると書く。だから、もうこうして恥ずかしいと思うこともやめたい、恥ずかしさにうなだれ、身を隠し、次第に小さくちぢこまっていくこともやめにしたい、やめにしたいと思うこんな心がまた恥ずかしいと書く。一体なぜ私がこんなにまで恥ずかしがらなければならないのかと書く。先生が憎らしいと書く。申し訳なくてありがたいと書く。先生に会いたいと書く。いつかまた会おうと書く。しかし会いたくないと書く。二度と会わないでいようと書く。それでも会いたくなるだろうと書く。結局会うことになるだろうと、書く。

家出

父が家出した。母から電話が入ったのは、会社帰りの地下鉄の中だった。一瞬、家出を出家と勘違いした。

「えっ？　父さん、お寺なんか通ってなかったでしょ」

「家出だってば。い、え、で。家を出ちゃったの」

いっそ出家したと言われたなら信じただろう。今年七十二歳。認知症のような病気はない。七歳下の妻にもいちいち丁寧語で話す父。そのくせ、母がスプーンに箸、水と完璧にセッティングを終えるまでは食卓につこうとしない父。定年まで双方の親の葬式のときをのぞいて一度も会社を欠勤したことがなく、三人の子どもが生まれた日さえ出勤していたという父。見えないものは信用できないとクレジットカードを持たず、自動引き落としも、ネットバンキングも使わない父。そんな父が、家出したという。

え？　なに？　十回ほど聞き返し、次の駅でいったん電車を降りた。よりによって乗換駅だった。乗換通路へどっと流れる人波にしばらく押され、ようやく抜け出したときにはすでに電話は切れていた。私は自動販売機で冷たい缶コーヒーを買い、ホームの奥の空いたベンチに腰を下ろして、電話をかけ直した。

「どういうこと？　どうして父さんが家出するのよ。いつの話？」

――実は、もう一か月になるのよね。

「えっ？　どうして今まで黙ってたのよ？」

――すぐ戻るだろうって思ってたから。あんたたちに言うのもためらっちゃってね。いい年して、とんだ恥さらしでしょ。

「ほんとに家出なの？　拉致されたとか失踪とか、そういうんじゃなく？」

――置き手紙があったのよ。

中学の頃、私も置き手紙をして家出をしようとしたことがある。友達の家でこっそり酒を飲んだことがばれて、母にボコボコにされた翌日だった。私が悪かったとはいえ、あんな非人道的な扱いは我慢できない、私を探さないでほしいという旨の内容を、だらだら書いていたと思う。

放課後、とりあえず友達の家に行って遊んだが、夕食の時間になると友達のお姉さんに目配せされ、その家を出ざるを得なくなった。さして行くところはなかった。近くの公園で時間をつぶして家に帰るとちょうど誰もいなかったので、そのまま家出はやめることにした。ところが、机の上に置いて出たはずの手紙がない。仕方なくカバンを背負い、靴を持って、クローゼットの中に身を隠した。そのままうっかり眠ってしまったらしい。気がつくと母が、夕飯食べなさいと部屋のドアを叩いていた。寝ぼけていた私は、クローゼットを出ると靴を持ったまま板の間に行き、食卓についた。

「靴は玄関に置いてきなさい。カバンも下ろして」

母はなにくわぬ顔でそう言い、私も言われた通り靴を置きカバンを下ろしてご飯を食べた。兄たちも何も言わなかった。夕飯のあとはいつものように服を着替え、テレビを見て眠った。父さんも、もしかしたらクローゼットの中にいるのではないだろうか。古びた靴を手に、クローゼットの中で身体をちぢこませている父を思い浮かべてみた。一か月もそうしているのだろうか。かなり足が痺れているだろうに。

――もしもし？　聞いてる？　警察に届けようか？

「家出って、受け付けてもらえるのかな。ちょっと調べてみるよ。お兄ちゃんたちはもう知ってるの？」

――それが……あんたから伝えてくれる？　なんて説明したらいいかわからないのよ。

なんて説明したらいいかわからないのは私も一緒だ。ああ、父さん、いっそ出家してくれたらよかったのに。この世のあらゆる苦痛と煩悩から解き放たれたくて宗教に帰依したというのなら、一瞬恨みはしても、ずっと気の毒がっていられただろうに。深呼吸を一度して、兄たちへ電話をかけた。上の兄はしばらく答えにつまってから、わかった、すぐ家に行く、と言った。

下の兄は、そんな話ありえねーだろと怒り狂い、今日は結婚記念日だから話し合いは明日にしてくれ、と言い出した。お兄ちゃんこそ、ありえないこと言ってないでとっとと家に来てよ、と伝えた。

携帯電話で路線図を確認した。実家に行くには地下鉄を二回も乗り換えなければならない。父さんってば、なんで家出なんか。実家に着いたら九時、二時間ほど母から事情を聞いたり対策会議をしたりするとして十一時、自分の部屋に着いたら十二時半、シャワーだなんだかんだやっていたら一時半。ああ、父さんってば、なんで家出なんか！

路地に入ったとたん納豆チゲの匂いが漂ってきた。どこの家で、こんな遅くに夕飯を食べているのだろうと思ったらわが家だった。母はこの渦中でチャプチェを作り、サバを焼いて、かぼちゃのチヂミまで用意していた。上の兄夫婦と下の兄はすでに食事を始めていた。母が食卓に、私のスプーンと箸をおいた。

「なんでこんなに遅かったの。早く手を洗って、ご飯食べなさい」

今ご飯なんか喉を通らないよ、と言い返そうとしたところで、下の兄が母に茶碗を差し出して「おかわり」と言った。仕方なく食卓についた。頭では本当にご飯を食べる気分じゃないと思っていたのに、舌の下によだれがわいていた。

子どもには珍しく、私たち三兄妹は小さい頃から納豆チゲが好きだった。母の作る納豆チゲには、刻んで入れた二十日大根のキムチのサクサクした食感、豚の挽肉と裏ごしした豆腐のとろりとした味わいがあった。仕上げに母の姉が作った自家製味噌をスプーン一さじ溶き入れると、塩加減と風味が増す。だが、父はその絶品の納豆チゲのことをひどく嫌っていた。鼻につく匂いが服の繊維の一すじ一すじ、髪の毛の合間合間にしみついてとれないというのだ。だから納豆チゲが食べられるのは父が残業の日だけ。父が定年退職してからは、一度も母の納豆チゲを食べられずにいた。

チゲをスプーンいっぱいにすくってご飯に混ぜる。なめらかで熱々の米粒が噛む間もなくつるんと喉を過ぎ、お腹の中から温まってきて、額に汗がにじんだ。納豆チゲの味は言うまでもなく、すでに冷めていたチャプチェも、春雨がふやけて千切れたりもせず舌にもっちりと絡みつく。同じキムチを分けてもらっているのに、不思議とここで食べるキムチの味は格別だ。夢中でご飯を食べているうちに、すでに十時を回っていた。

食事中はお盆や正月で集まったみたいに和気藹々《わきあいあい》とした雰囲気だったのに、居間で車座になると空気が重く沈んだ。上の兄の妻がみんなの顔色を窺い、コーヒーを淹れてくると台所に消えた。下の兄が声を低め、上の兄をたしなめるように言った。

「アニキさあ、こんなときになんで義姉さんまで連れてきちゃったんだよ」

「家族のことなんだから、あいつも知っておくべきだろ。じゃあおまえ、ヨメさんには話さないで来たのか?」

「あたりまえだろ。結婚記念日だから久しぶりに二人で外食でもしようって、ジュンもあっちの実家に預かってもらってるんだよ。今カミサンがひとりで飲んでるからさ、さっさと話、終わらせようよ。オレ、早く帰んなきゃなんないから」

「そういうヤツがメシ二杯も食うか」

兄たちをなだめ、母に事の顚末を尋ねた。母は長いため息をついた。

「先月の十七日ね、だから、母さんが頼母子《たのもし》講の集まりがあった日よ。出かけて帰ってきたら、冷蔵庫にメモが貼ってあったの」

母は床にお尻をつけたままずりずりとテレビ台に近寄ると、引き出しからメモを取り出した。

「残り少ない人生だ。そろそろ自分の思い通りに生きたい。探さないでくれ。貯蓄銀行の一六〇万ウォンは持っていく。すまない」

上の兄がひったくるようにしてメモをとった。下の兄が頭を寄せて音読し、力なく笑った。

「オヤジ、ボケたんじゃないの?」

そのとき、兄嫁がコーヒーカップを五つ、大きなお盆にのせて運んできた。下の兄は口をつぐみ、上の兄はメモを母に返した。母はもう一度メモに目を落とすと、突然ぽたぽたと涙を落とした。

「今日は帰ってくるだろう、明日は帰ってくるだろうって……。母さんひとりでやきもきしてたんだけど、やっぱり、このままじゃいけない気がして。どうする?」

下の兄がコーヒーをずずっと啜ってから言った。

「何がどうする、だよ。警察に届けるしかねえだろう」

「失踪じゃなく家出だぞ？　警察が一生懸命探してくれると思うか？　メモ読めよ。どう見たって自分の意志としか思えないだろ。かといって父さんはどこか具合が悪いわけでも、分別がつかないわけでもないんだし。大の大人の男が家出して、どうして警察なんだ。いっそ興信所を探したほうが話は早いだろう」

「アニキってどうしてそう否定的に考えるかなあ？　父さんの年考えろって。マジで突然ボケて出ていくことだってありうるよ。オレたちが知らないだけで、カネの問題とか怨恨の線とかもあるかもしれないし、ひょっとしたら事件に巻き込まれたのかも」

「否定的なのは俺じゃなくておまえだろ。縁起でもないこと言うなよ」

兄たちの言い争いを止めようと、母に尋ねた。

「どっかに、父さんの行き先をわかってそうな人はいないの？」

「そんな人いると思う？　父さん、退職してから毎日家でテレビばっかり見てたのよ。本家には、お変わりありませんかって聞くフリして一度連絡を入れてみたけど、まったく知らない様子だったし。携帯電話にはあんたたちの電話番号と本家の番号、おばさんの番号以外入ってなかったもの」

「携帯も置いてったの？」

「何も持ってってないの。パンツ一枚持たずに出て行ったんだから。ほら、この秋に買った登山服あったでしょ。登山もしないのに、どういう風の吹き回しだろうって、あんたに話したじゃない。あの登山服を着て、運動靴履いて、あんたが買ってくれた録音機だけ持って出ていったの。銀行に聞いたら、一六〇万ウォンは前日に引き下ろされてたし」

下の兄が私に訊いてきた。

「父さんに録音機買ったのか？」

「録音機じゃなくてMP3プレーヤーね。最近、若い子たちがみんな耳になんか挿して歩いてるけど、何を聴いているんだって言うから。スマートフォンで音楽聴いたりラジオを聴いたりしてるんだよ、携帯を機種変してあげようかって聞いたら、いいって。で、音楽だけ聴ける小さい機械もあるって話したら、安いやつを一つ買ってくれって頼まれたの。演歌を百曲くらい入れてあげた」

「それ、いつ？」

「かなり経つよ。三、四か月前？」

「今までおまえにも連絡なかった？」

「うん。お兄ちゃんには？」

「いや。だって父さん、おまえのこと溺愛してたじゃないか」

上の兄も肯いた。

「だな。遅くにできた末娘だってあちこち連れ歩いて、トッポッキは買ってやるわワンピースは買ってやるわ、とにかくやたら可愛がってたもんな。末っ子が独立するって大騒ぎしたときのこと、覚えてるよ。ホント、あのときは父さんがおまえを丸坊主にすると思った。そんな父さんが、なんで……。おまえの結婚、どうするつもりなんだろう」

新しい職場が遠いのを口実に、二年前実家を出ると宣言したとき、父は、世間の怖さも面倒くささも知らないくせにバカを言うなと頭ごなしに否定した。

「結婚するまでは父親がおまえの保護者なんだ。父さんがおまえを、これまで通り、キズがつかないよう守ってやるんだから」

「私ももうすぐ二十九だし、社会人五年目だよ。なんのキズもついてないと思ってるわけ？」

父は、私がキズどころかぼこぼこの節だらけで、しかも自分ではその節をたいして気にかけていないと知って、大きなショックを受けていた。私の価値観や態度を問題視する父と毎日毎日ぶつかって心の溝は深まる一方、とうとう一緒に暮らすのが難しくなってしまった。

結局、父が折れた。家を借りるのに使えと、私の結婚資金に貯めていたという三〇〇〇万ウォンの預金が入った通帳をよこした。そのかわり二年後、つまり、借りる家の賃貸契約が切れたら結婚するようにと条件をつけてきた。どうせ彼氏とは、あと二年お金を貯めて結婚しようということで話がまとまっていたし、お金が多いほどいい家は見つかるはずだから、私としてはなんの不都合もない提案だった。すぐに承諾した。

たまに寂しく感じることもあったし、いくら一人暮らしとはいえ、洗濯も掃除も料理もすべてひとりでこなしながら会社勤めをするのは、大変といえば大変だった。それでも親と一緒に暮らすよりはよかった。何より、家を出てからのほうが父との関係も急速に回復した。そうこうしているうちに時はあっというまに流れ、春がくれば約束の二年になる。

幸か不幸か、いまだに私は彼氏とつきあっていて、父は、冬に両家で顔合わせをして、春に結婚すればちょうどいいだろうと言っていた。ところが、今やその父がいない。本当に、どう嫁げというのだろう。彼氏にはなんて言おうか。顔合わせや結婚式は母さん一人で出席しなければいけないのだろうか。というか、父が家出しているこんなときに結婚をするというのもおかしな話だ。結婚しないなら、家の賃貸契約は更新したほうがいいだろうか。そんなことが次から次へと頭に浮かび、父の心配よりわが身のことばかり気にかけている自分に嫌気が差した。

私は頭を振って雑念を振り払い、自分がビラを作って貼る、と宣言でもするかのように言った。上の兄は警察に届けるという。それがいいかどうかはともかくとして、母はおじとおばにも知らせると話した。上の兄が下の兄に訊いた。

「おまえは何するんだ？」

「いろいろやってダメなら、オレが興信所を探してみるよ」

「どうしておまえ、家のことはいつも高みの見物なんだよ？　俺とコイツだけの父親か？　おまえにとっても父親だろうが。ずっと着るもんや食べるもんの面倒みてもらって、勉強もさせてもらっただろ！」

「冗談じゃないよ。生まれてこのかた、アニキのお下がりばっか着せられて、肩身の狭い思いして、オレだけ大学行けなかったんだぜ」

「おまえが勉強しなかったから大学に行けなかったんだろ？　それがどうして父さんのせいなんだ」

「コイツは自分で勉強して大学行ったけど、アニキは違うじゃねえか。二浪してやっと三流大学入ったくせに。オレもね、アニキみたいに二浪させてもらって、予備校のカネ出してもらえてたら、アニキよりいい大学に行けたんだって」

兄たちの声がだんだんに大きくなると、母が大声を張り上げた。

「いつまでそうやって喧嘩してるの？　還暦になっても、母さんの葬式でも喧嘩するつもりっ？　あたしはあんたたちの母親だよ。ここで一番の目上なの。どうして親の前で、そんな失礼な態度ができるの？　誰も母さんの意見を先に聞こうとしないし。一人になった母さんの心配もしないで。こんなことになるなら育てるんじゃなかった、まったく。お嫁さんに恥ずかしいわよ！」

驚いた。母が大声を出したからでも、怒ったからでもなかった。滑舌が、あまりにもよかったのだ。食卓を囲み、果物を前にお茶を飲みながら家族で話をしているとき、たいがいは父が意見を言い、母は独り言のようにごにょごにょつぶやき、兄たちと私はうなずいていた。一家の引っ越し、誰かの進学や就職といった重大な決定から、旅行先、外食のメニュー、テレビのチャンネルのような些細な決定まで、結局は父親の意向通りになった。いつでも母は、ごにょごにょ言っていた。母さんもあれほど簡潔な文章と正確な滑舌で、意見を言えるんだな。

なんの成果もないまま一回目の会議が終わった。坂道になった路地にぴっちり駐められた兄たちの車が無事出るのを見届けて、私も停留所に向かおうとしたときだった。母が、物言いたげな目つきで私の腕を引っ張った。ひょっとして、兄たちには言えない重要な情報でもあるのだろうか。おとなしく母に従って家に戻ると、母は電子レンジの上から紙の束を取りだして私によこした。電気料金、上下水道料金、都市ガス料金、携帯電話料金……各種公共料金の振込用紙だった。

「これ、ただ銀行に持ってけばいいの?」

母がなぜ一か月も経った今、父の家出のことを打ち明けたのかわかった気がした。公共料金の納付締切日が迫っていたのだ。これまで母は、生活に必要な額だけを生活費として父からもらって使うだけで、お金がどこにどれだけ出ているか、あるいはどこから入ってくるか、一切知らされずに暮らしていた。お金の管理は全部父がした。退職後に父は、銀行に行く余裕ができてうれしいと言っていた。仕事をしている頃は、公共料金の支払日になると昼食もまともにとれなかったらしい。銀行がらみのことは勤めに出ていない母に任せたらどうかと言うと、父は首を横に振った。

「それは父さんの仕事だ。そのために父さんは、この家にいるんだから」

父さんの仕事。父さんが自分の仕事だと言ってたことって、他になにがあったっけ。二度ほど大学入試に失敗した上の兄が、もう大学を諦めて就職し、弟や妹の学費を稼ぐと言ったときも、父は同じようなことを口にした。会社が大変で、数か月給料が支払われていなかったことを後で知らされた母にもそうだった。祖母が倒れたという報せに、病院に駆けつける準備をしていた私たち三兄妹を引き留めながらも言っていた。それは、父さんの仕事だ。

もうこの家には、生涯父が自分の仕事と思いさだめ、一手に引き受けてきた大小さまざまな務めをこなす人間はいない。代わりに払ってきてあげると言おうと思ったが、母だってやり方を覚えておかなくてはと考えて説明した。番号表を取って、順番を待って、窓口に行って、職員にやってもらうの。私のあっさりした説明を聞いて、母は膨れっ面になった。

「その程度のことなら、母さんだって言えるわよ」

予想どおり、警察ではただの家出とみなされ、積極的な捜査は行われなかった。父の写真入りのビラは、二時間経つと母にすべて剝がされてしまった。くだらない悪戯電話ばかりかかってくるからと言っていたが、近所の噂になるのが嫌だったらしい。父からの連絡はなく、日を追うごとに寒さだけがつのっていった。

土曜日に二回目の家族会議のため集まった。母は今回も納豆チゲを用意し、カルビを焼き、どんぐりムク〔どんぐりのでん粉をゼリー状に固めたもの〕をこしらえていた。エゴマの香りが濃厚などんぐりムクは大好物だ。今度は私がおかわりをした。カルビに夢中で食らいついていた上の兄は、脂で口をてかてかさせながら、もう食事の支度はしなくていいよと母に言い、グエエエップと長いゲップをした。

兄嫁たちはみな用があって来られなかった。母と三兄妹が居間に座って溜息ばかりついているあいだ、それぞれのパパについてきた甥っ子と姪っ子三人が父の部屋を占領していた。走っちゃだめという言葉を嫌というほど聞かされているマンション育ちの子にとって、おじいちゃんとおばあちゃんの一軒家は世界一ワクワクする遊び場に思えるらしい。子どもたちは机から飛び降り、キャスターつきのイスを乗り回し、ありとあらゆる引き出しを開けて内容物をすっかり取り出した。しまいには鏡の脇に掛かっていた薄紙の日めくりカレンダーを一枚ずつ引きちぎって皺くちゃに丸め、雪合戦でもするみたいに投げあいっこし、キャッキャキャッキャと笑い声をあげながら居間まで駆け込んできた。母が慌ててコーヒーカップを手でかばい、子どもたちに大声を張り上げた。

「コーヒーがこぼれるでしょ、この子たちはもう。あっちの部屋で遊んでなさい！」

今日にかぎってなんでこんなに騒ぐのだろうと思っていると、子どもたちの話し声が聞こえてきた。久しぶりにこの部屋で遊んだら、すっごい楽しいな！　おもしろそうなものも増えたしさ！

私が独立して、父は私の部屋を自分の書斎にした。本を読むのが好きなわけでもないし持っている本も少ないのに、机を置いていけとうるさかった。左手に五段の本棚が付いたh字型の机。私が中学の時から使っていたものだ。引越先には必要最低限の家具が備えつけられていたので、机は気前よく残していくことにした。後で家に帰ってみると、父は本棚を、三国志、論語、企業トップの自叙伝といったもので埋めつくしていた。

以前なら、子どもたちが来る日というのは私の部屋の本がすべて落とされ、化粧品が最低一個は割られ、引き出しがひっくり返される日と相場が決まっていた。ところが私の部屋が父の部屋になってから、家族は子どもたちになにかと注意するようになった。別に父が部屋を散らかすなと言ったわけでも、その部屋に貴重品があったわけでもないのに。父も、平気だから前みたいに遊ばせておけとは言わなかった。時間が経つにつれ子どものほうも自然に、小さな部屋はもうおじいちゃんの部屋だから、入って遊んではいけない場所と思うようになったらしい。

すでに大晦日まで引きちぎられ、綴じ紐だけがぶら下がっている日めくりカレンダー、机の上で階段状に折り重なった三国志、頰を上気させ、楽しそうに走りまわる子どもたち。父の部屋から、しばらく視線をそらすことができなかった。父のいない父の部屋が新鮮で、平和そうで、そんなことを思っているという事実に罪悪感を抱いた。

結局、上の兄が興信所の話を持ち出したが、今度は下の兄が反対した。

「ちょうどオレ、調べてみたんだよ。だけど、調査費が必要だって言ってずっとカネだけ要求して、仕事は何もしないって奴らがやたら多いらしい。そうやってカネばっかとられても、怖い奴らだからイヤって言えないんだってさ」

母も同じ考えだった。

「そうよ。母さんもちょっと気が進まないわ。そんな怖い人と関わり合うのイヤよ」

「じゃあ、いつまでこうやって手をこまねいてるつもりだよ？　父さんがどこでなにしてるのか、こう言っちゃなんだが、生きてるのかどうかさえわからないままじゃないか。親しい友人がいるわけでもない、携帯電話も持ってってない、クレジットカードも使わない、手がかりなしだ。どっからどうやって探したらいいかもわからないよ」

あまり使ってはいなかったが、父はクレジットカードを持っていた。私が去年あげたものだ。現金を持ち歩くのが面倒なわけではないが、ばったり友人と出くわしたり、急ぎでメガネを作り直さなければならなくなったり、病院に行く用ができたりしたとき、たまに、クレジットカードがあれば、と思っていたらしい。最近の銀行員はクレジットカードに加入させるのも実績になるらしいし、せっかくならおまえの彼氏のところで作るかと言われたが、あいにくそのとき、彼氏とは一か月を超える冷戦状態だった。とりあえず、私のカードを使ってと渡した。彼氏のノルマに協力して作ったものの、年会費だけ払ってほぼ使っていないカードだった。

「すっかり大人になった娘からもらうお小遣いだって思ってよ。でも、あんまり思う存分使わないでね。まさか、娘をブラックリストに載せたくないでしょ？」

わざと軽い調子で言った。父がいらないと言ったら、私も冗談だったかのように笑いながらカードを財布に戻そうと思っていた。父が退職するとき、兄たちと私でお金を出し合って毎月一定額を渡したいと言うと、父は、子どもに助けてもらう親がどこにいるとかんかんになって怒った。父の考える親子の役割がそうならば、わざわざ父に居心地の悪い思いをさせたくはなかった。兄たちと私は、受け取ってもらえないお小遣いをコツコツ通帳に貯めていた。

父は、私が差し出したカードをじっと眺めていた。ピンクの地に赤いハイヒールが描かれた「二〇三〇　レディカード」。父は素直にカードを受け取ると財布にしまい、母さんには内緒な、と言った。私はとまどい、なんの軽口も叩けずに肯くだけだった。本当に万が一のためだけに持ち歩いていたのか、カードはほとんど使われなかった。食堂で一万三〇〇〇ウォンが一回、三万四〇〇〇ウォンが一回。整形外科二万三〇〇〇ウォン、洋品店で四万一〇〇〇ウォン。一年ちょっとで父が使ったカードの内訳はそれが全部で、家出以降は使われていなかった。

母や兄たちに言いかけたがやめた。父との約束を破ってまで、使われてもいないカードについて家族にあれこれ言いたくなかった。

二回目の家族会議を終えた次の日、つまり日曜日の朝九時に、一通のお知らせメールが届いた。

ｗｅｂ配信　カード利用のお知らせ
利用金額　６．５００ウォン
支払方法　１回
利用日　１２月１１日　０９：１１
利用先　サンゴリ食堂
合計額　６．５００ウォン

寝ぼけた頭で文字に目を通し、迷惑メールだろうと思った。イラっとしてスマホを放り投げてから寝返りをうとうとして、ハッとした。父さんだ！　父さんが使ったカード明細がこっちに送られてきたんだ。頭に血がのぼり、目の奥がずきずきしてきた。上の兄に電話をかけようと連絡帳を開いたが、すぐにやめた。落ち着こう。父は、自分が使ったカードの明細が、私のところに送られてくることを知っている。整形外科での利用明細が送られてきたときに、父に電話をかけてどこをケガしたのかと尋ねたことがあるのだ。

「最近は決済した通知がスマホに送られてくるからね。カードの名義が私だからこっちに来るわけ」

「それじゃ、これまでも明細を全部見てたのか。気になっておちおち使えないな」

父はそう言って笑ったが、数日後にはまたカードを使っていた。だから今度も、紛失したり事件に巻き込まれたりしたのではなく、父が自分でカードを使ったのだろうと確信した。私に通知が来ることを知りながらも、サンゴリ食堂で六五〇〇ウォンの朝食を取り、カードで支払いをした父。なんでわざわざそんなことをしたんだろう。

ノートパソコンを開いて「サンゴリ食堂」と検索してみた。カルグクスを売ったり、豚カルビを売ったり、太刀魚煮を売ったり、参鶏湯を売ったりするサンゴリ食堂が、全国のあっちこっちにあった。カード会社のホームページにログインしようとしたのに、パスワードが思い出せない。二回、三回、四回と入力を間違えて、パスワードと一緒に住民登録番号〔韓国の国籍を有する人に与えられる個人識別番号〕を入力するよう求められ、さらに二回間違えてしまった。これ以上間違えればアカウントが使えなくなるという警告が表示された。お客様サポートセンターに電話をかけると、日曜日だから紛失と盗難しか受け付けられないと案内された。

いっそ盗難手続きをしてしまおうかとも思った。そうすればとにかく父を見つけることはできるだろう。しかし、父を泥棒扱いまでして見つけ出したところで、その後の父と私の関係はどうなるのだろう。わが家はその先どうなるのだろうか？　警察にこのお知らせメールのことを伝えてみようかとも思った。警察が速やかに父の所在地を把握し、駆けつけてくれるだろうか。警察にそんな権限や能力があるのだろうか。

ひとまず、メモ用紙を取り出してこれまで使ったことのあるパスワードをすべて書き出し、確認済みのものを六つ消した。最近新しく作ったものも消した。あまりに簡単なものも消した。

すると最後に二つが残り、あれこれ悩んだ末に、そのうちの一つを打ち込んでみた。パスワードに誤りがあります。アカウントがロックされてしまった。ご利用のためにはお客様サポートセンターまでお問合せください、だなんて。

母と兄たちには知らせなかった。また通知が来るかもしれないと思ったからだが、その日のうちに再びカードが使われることはなかった。次の日、お客様サポートセンターとの格闘の末、ようやくログインに成功した。支払いの内訳を確かめてみると、父が利用したサンゴリ食堂は京畿道《キョンギド》の光明《グァンミョン》市にあった。住んだこともなければ、父の勤務地が光明だったこともない。光明に住んでいる親戚もいなかった。電話をかけてみると、主にクッパなどを売っているどこにでもあるような店だった。六五〇〇ウォンするメニューはもやしクッパで、近所の市場で働いている人たちが一人で朝食を取りに来たりするので、昨日の朝にもやしクッパを食べた男性客は、数えきれないほどいるという。

そうやってお知らせメールの件は、たった一度の事故、あるいはイベントとして一段落しそうだった。

結婚式の招待状を手渡ししたいと、いとこが会社の前にやってきた。子どもの頃にしょっちゅう彼氏と間違えられた、私より二か月あとに生まれた同い年のいとこ。招待状を見て、なぜか涙が出そうになった。

小さい頃は、同い年のいとこがいるのがイヤでしかたなかった。何から何まで比較されながら育ったのだ。親戚が集まるたびに、背中合わせに立たされて背比べをさせられたし、互いの成績や進学先のことを気にしなければいけなかった。幸い、どちらかの一人勝ちにはならなかった。背はいとこが高かったり私が高かったりして最終的にはいとこが高くなり、勉強は私のほうがずっと上だったけれど、大学は二人とも似たようなレベルのところに入った。いとこが兵役に行って卒業と就職の時期が二年ズレてから、それ以上直接的な比較はされなくなった。結婚は私が先だろうと思ったのに、恋人もいなかったいとこに先を越されてしまった。人生って本当にわからない。

「モバイル招待状もあるのに、なんでわざわざ会いにきたの?」

「直接渡したくて。ぼくたちいとこでもあるけど、親友でもあるからさ。ぼくが女だったら、ブーケはキミに投げたろうにね。キミさえよければだけど、タキシードの胸ポケットに飾る花、あれ、何て言うんだっけ?」

「ブートニア?」

「ああ、ブートニアかブーケとかいうやつ、あれをキミに投げるから」

「いま、そんなものをあたしが受け取れると思う?」

「ああ……」

会話が続かなくなってしまった。結婚準備についてあれこれ聞きながらはしゃぐ気分でもなかったし、おめでたいことを控えているいとこに父の話を切り出すのも気が引けた。黙り込んで招待状をいじっていると、いとこが肩をぽんと叩いた。

「すぐ帰ってくると思うよ」

「あたしね、実はふつうに過ごせてるの。とにかく会社にも通わなきゃだし、仕事もしなきゃだし、生きていかなきゃいけないからね。ごはんも喉を通るし、熟睡できてる日のほうが多いし。人生ってそういうものみたいね」

「ならよかった。叔父さんがキミのことを可愛がってたよね。あの話を聞いて、叔母さんよりキミのほうが心配だったんだ」

似たような言葉を、いろんな人にかけられた。父と二人っきりでお出かけをし、兄たちに秘密でお小遣いをもらい、帰りが遅くなる日には父がいつも迎えに来てくれたのに、父に特別可愛がられていたとは、思ってなかった気がする。どうしてだろう。いとこの話に、同意することも否定することもできなかった。

いとこの結婚式場で、母は号泣した。新郎入場のときからすすり泣きはじめ、新郎と新婦の退場のときは声を上げてむせび泣いた。そっと涙を流していた新婦の母親が後ろを振り返るくらいだった。目と鼻を真っ赤にして記念写真を撮り、壇上から降りてくる母の手を伯母がぎゅっと握ってくれた。母はこらえていた悲しさがまたこみ上げたかのように、もう一度嗚咽した。いま思うと、無理して結婚式に出席しなくても、みんなわかってくれたのではないかと思う。

だが、母も私も、絆、関係、義理、礼儀といったものにとらわれて無理やり出席し、気が重くなるような関心、過剰な慰め、それから訝しむような視線に耐えなければならなかった。もしかしたら、母と私はそのすべてに耐えてまで、ふつうの日常を取り戻したかったのかもしれない。とにかく私は、母のことが恥ずかしくて食事もせずに式場を後にした。

その日の夜、二回目のお知らせメールが届いた。弘益《ホンイク》大学の前にあるコーヒー専門店で二万二〇〇〇ウォン。私は彼氏と光化門《グァンファムン》の映画館で映画を観ていた。メールを見てぽかんとしてしまった。あまりにあっけにとられて頭が真っ白になり、しばらく画面をじっと見つめていたが、やがて正気を取り戻した。ここは先払いの店で、二万二〇〇〇ウォンは、コーヒー一杯の値段じゃない。父は飲み物とデザートを一緒に頼んだに違いない。だとしたらまだ店にいるかもしれない。私は、彼氏に「ごめん、先に帰る」と耳打ちし、返事を待たずに映画館を抜け出してタクシーに乗り込んだ。

道路は車でいっぱいだった。混んでいなければ二十分で着く距離なのに、車が金化《クマ》トンネルに差し掛かったとき、時間はすでに三十分を過ぎていた。爪先でカッカッカッと床を踏みならし、そわそわしていると、運転手さんがルームミラーごしに私の様子をのぞき込み、約束の時間にひどく遅れているのかと尋ねてきた。父を見つけなきゃいけないので、ととっさに返事してから、言葉がつまってしまった。

「ああ、お父さんが認知症ですか。じゃあ、急ぎましょう」

運転手さんは、いっそ施設に預けた方がいいだの、家族が疲れて倒れてしまうだの、それでもお客さんは親孝行の娘さんだの、とよく知りもしないくせにいろんなことをまくしたてた。突然、涙が溢れた。私はうつむいたまま両手で顔を覆って、車が目的地に着くまで声を殺して泣いた。

全面ガラス張りの窓からすぐにのぞけるカウンターの席は、客で埋め尽くされていた。ほとんどがノートパソコンをいじったり本を読んだりしている。入口の脇に座っている男性客だけがぼうっとして外を眺めていた。父の姿はなかった。レンガ造りの階段を一段、そして一段踏みしめるたびに、足がガクガクと震えた。ドアを開けようとする腕に力が入らず、ドアの長い取っ手にもたれかかるようにして体重を乗せ、ぐっと押した。注文するために並んでいる三、四人の客の中にも父の姿はなかった。

首を伸ばして店内を見回しながら二階に上がった。客は私と同じ年ごろの若者がほとんどだった。ところが、奥の窓際の席に座っている、白髪混じりのボブヘアをきれいに整えているお婆さんが一人、目に入った。向かいには毛糸の帽子をかぶった、肩幅の狭い男性の後ろ姿が見えた。心臓が高鳴り始めた。思わずスッと体をかがめて二人に近寄った。テーブルにはサンドイッチの包み紙とお皿、フォーク、飲み物が入った紙コップが二つあった。心臓が口から飛び出しそうなくらいばくばくと飛び跳ね、私は右手で左の胸をそっと押さえた。

一歩ずつ、一歩ずつ、ゆっくりと前に進みながら、私は失礼なほどお婆さんをじっと見つめた。話に夢中になっているお婆さんは、私の視線に気が付かない様子だった。話しているのは主にお婆さんのほうで、男性はただ頷いてばかりいた。腕を伸ばせば手が触れるくらい近付いたのに、音楽が大きすぎたのか気が気でないからか、話の内容はちっとも耳に入ってこなかった。

ようやく。

男性の小さな毛玉ができているグレーのニットに震える手を伸ばし、肩をトン、と叩いた。男がゆっくりと上半身を私の方に振り向けた。

「どちらさま?」

父ではなかった。近くから見ると、二人は父より十歳は若そうに見えた。

「人違いをしたみたいで……」

ちゃんと謝ることもできずに、そそくさとその場を立ち去った。年配のカップルに近づいたときよりも激しく打っている胸をこぶしで叩きながら二階の隅々にまで目をやった。周りが見知らぬ顔ばかりであることが、これほど恐ろしいことだとは思わなかった。スマホを取り出して時間を確認すると、お知らせメールが来てからもう一時間が経っていた。彼氏から不在着信が六件、メールも二通来ていた。心配だから連絡してほしいという内容だった。

一階に降りてもう一度店内を見回し、レジでアイスコーヒーを注文した。店員にスマホにある父の写真を見せ、一時間ほど前にここで二万二〇〇〇ウォンを支払っているのだが、見覚えはないかと尋ねてみた。彼女は二十分前からシフトに入っていて、その前のアルバイトはもう帰ってしまったと答えた。

「どういうご事情かわかりませんが、監視カメラをご覧になりたければ、まず警察に届けを出していただかないといけないんです」

頭がキーンとするほど冷たいアイスコーヒーを一気に飲み干した。父は一体、誰と二万二〇〇〇ウォン分のものを買っていったのだろう。しばらくのあいだボブヘアのお婆さんの顔が頭から離れなかった。

父はいまだ戻ってきておらず、兄たちと私はこれまでよりも頻繁に母ひとりの家を訪れている。兄嫁と甥っ子と姪っ子たちが一緒の週末もあれば、甥っ子と姪っ子たちだけが付いてきている週末もあり、私たち三兄妹だけの週末もある。せっせとごはんをこしらえていた母は、いまや食材の買い出しをしておくだけ。私たちはみんなでキムチチヂミやサムギョプサルを焼いたり、餃子を作ったりした。下の兄が餃子をあんまり上手に作るのでびっくりした。食事が終わると二人の兄が流し台に並んで、一人は洗剤をつけたスポンジで皿を洗い、もう一人は洗剤をきれいに水で流した。私の知っている兄さんたちじゃないみたいと言うと、兄嫁がうちではいつもしていることだと答えた。

「料理、洗い物、掃除や洗濯、全部上手よ。でも不思議なことに、この家の玄関をくぐったとたん、なんか違う次元にワープしたみたいに何もしなくなって、お尻に根っこが生えちゃうのよ」

言ってしまってからマズいと思ったのか、兄嫁は横目で母の顔色を窺った。母は、そうよ、いまの時代は家事も分担しなくちゃと頷いた。母がそんなふうに思っていたとは。意外だった。家事を分担するのが当たり前となった今でも母は家事のすべてを一人でこなしていたのだ。

「母さんは家事が好きなんだと思ってたけど」

「まっさか、もう飽き飽きよ」

みんなでご飯を作って食べる機会が増えるにつれ、お互いへの理解が深まっていった。上の兄は製菓製パンの資格を持っている。手作りのパンを売る小さなベーカリーカフェを開くのが夢だそうだ。まだ漠然とした計画だが、資金さえ集まればすぐにオープンするつもりで、兄嫁も同意しているという。

下の兄が不妊治療を受けていたことも知った。なんの苦労もなくできた一人目と違い、二人目はなかなか恵まれず苦労しているようだ。子どもは一人でいいと夫婦で決めていたのに、周りから二人目はまだかだの一人っ子だと可哀想だのとしょっちゅう聞かされ、苦しい思いをしていたという。ときどきそんなセリフを口にしていた母は兄に謝った。メールもやりとりしていなかった私たち三兄妹に、チャットのグループができた。代わりばんこで毎晩母に電話をかけている。私は彼氏と別れ、職場で昇進し、家の賃貸契約を更新した。

クレジットカードを利用したお知らせメールもたまにだが、途絶えることなく届いている。往十里《ワンシムニ》のカラオケで一万二〇〇〇ウォン、坡州《パジュ》のアウトレットで五万八〇〇〇ウォン、智異山《ジリサン》の登山口にある食堂で一万六〇〇〇ウォン、済州島《チェジュ》の刺身店で一二万四〇〇〇ウォン……。最初はお知らせが来るや否やタクシーを捕まえ、店へ飛んで行った。しかし、どこにも父の姿はなく、アルバイトも他の客たちも父のことをよく覚えていなかった。何度か無駄足を踏み、いまやお知らせが来ても店に駆けつけなくなった。

おかしな話に聞こえるかもしれないが、私にはそれが父からのメッセージのように思える。父さんは元気だ。ここの見晴らしはすばらしいんだ。心配することはない。母さんには言うなよ。智異山に登り、済州島の海を眺め、テイクアウトしたコーヒーを飲みながら若者でにぎわう街を歩いている父の姿を思い描いてみる。父には申し訳ないが、父がいなくても、残された家族はちゃんと暮らせている。父も家族の元を離れて元気に暮らしているようだ。いつか父が戻ったとしても、何もなかったかのようにまた変わらない毎日を暮らせると思う。

ミス・キムは知っている

家に帰るなり、就活サイトの「ジョブ・プラネット」にログインした。やっぱりレビューを書いている人は誰もいない。書きようがなかったんだろうな。私が最初のレビュアーになるか。たった一日出勤しただけでも簡単に見抜けた。私の初めての職場は、会社が備えうるあらゆる悪条件を、一つ残らず完備しているところだった。

最初の週末から、一泊二日のワークショップ〔旅行型の社内研修。社員の親睦を図る意味合いもある〕だった。先発隊の十四人が三台の車に分乗し、私は運よく同年代の女性社員からなるキム代理の車で移動することになった。ガムどうぞ。じゃ、サービスエリアで。運転、お気をつけて。思いやりあふれるやりとりを交わして割り当てられた車に乗りこんだ。スピードが出始め、ドアがカチャッとロックされたと思った瞬間、ハンドルを握っていたキム代理が口を開いた。

「なんで、ワークショップっていつも土日なのよっ」

いまどきワークショップをする会社があるというだけでも驚きなのに、あげくに毎回週末とは。うっかり足を踏み入れたというレベルではなく、ぬかるみにふくらはぎまでどっぷり浸かった気分だった。

「先週の金曜は飲みに行こうってあんなに大騒ぎしてたし。最近社長は、家庭がうまくいってないわけ？」

「パク室長たちが三次会行ってカラオケまでしてたよね」

「率先して行くヤツらがもっとタチが悪いって。下には苦労はさせるわ、上は調子こくようになるわ」

そんなわけで、キム代理が先月中古で買ったという二〇一四年型の白のスパークの車内で、私はずいぶんとたくさんの話を聞くことになった。

社長は、病院向けの広告代理店であるうちの会社以外にも、建設会社、オーガニック食品の会社と一貫性のない経営をしているが、しばらく落ちこぼれ扱いだった私たちの会社に、最近になってグッといれ込んでいる。ケーブルテレビで、医師がパネラーとして出演するさまざまな健康情報番組が増えたためだ。電光掲示板の広告とウェブサイトの管理業務が中心だったものが、ある時からブログや個人のＳＮＳにアップされる口コミ、並びに評判を管理する業務へと方向が変わって、近頃ではテレビ局との出演交渉の割合が増えている。社長は、テレビ局への人脈をひけらかして出社してくるようになった。ところが、久しぶりに会社に来てみると、席がなかったという。

「社長の机をなくす会社がどこにある？　甘やかしておけば、会社がすっかりメチャクチャじゃないか！」

　不思議なのは、誰も社長の机を片づけていなかったことだ。社長の机があったかについても意見はまちまちだった。窓際にあった大きな木製の机が社長の机だ、あの机は休憩室にあったんじゃないか、先月廊下で見かけた気がする、事務所でサッカーを見た日に、チキンを置いていた机がそれだろう……てんでばらばらの目撃談があふれるさなかも事務所に社長の机はなく、追い打ちをかけるようにチャン課長が「入社以来七年間、一度も社長の机を見ていない」と言い出した。社長の机は、白頭山《ペクトウサン》の天池《チョンチ》〔中国と朝鮮民主主義人民共和国（北朝鮮）との国境にある山・白頭山の頂上にあるカルデラ湖〕にいるといわれる怪物や、ネス湖のネッシーみたいにミステリアスな存在となった。見たと言う人はいるが実体のない、伝説の怪物。

　実のところ、会社の真の権力者はパク室長だ。入社年次でいえば二年目。製薬会社の営業で十年のキャリアを積んだというパク室長は、この業界のことはよーく知ってる、経験してきたからわかってる、というのが決まり文句だ。いいかげんなのに意欲は満々、おまけに細かいから、下の苦労はハンパではない。パク室長を一番嫌っているのが、同じ二年目の入社同期、イ・ユンミ氏だ。

「パク室長が息をしてるだけでもイヤ」

そんなパク室長が、入社と同時に社長の次の地位である室長を命じられたのは、社長の妻の姪の夫だから。パク室長だけじゃない。チャン課長は社長の妻の姪の女子高の同窓生だし、スパークのオーナーである女性のキム代理はチャン課長の大学の後輩だし、男性のキム代理は女性のキム代理のいとこだし、イ・ユンミ氏は男性のキム代理の元カノで、今は友達みたいな関係。そんなふうに、二十人にもならない社員が何重にも絡みあっているのだ。言っちゃえば私だけが公募採用なのだが、そのことが誇らしいどころか妙に不安になる。

おまけに、大きくもない会社に派閥がある。創立メンバーのヤン室長は、他の事業に忙しい社長に代わって十年以上も会社を動かしてきたようなものなのに、ある日パク室長が天下りっぽく共同室長に収まったのだ。社長は、ヤン室長が担当していたクライアントの半分をパク室長に任せた。それにともない社員の半分がパク室長の業務指示を受けることになり、そんな経過の中で会社はきれいにパク室長派、ヤン室長派に分かれた。問題は、ヤン室長が社長の妻の姪であること。つまり、パク室長と夫婦だ。事実を知って、イ・ユンミ氏はますますパク室長がイヤになった。

「夫婦喧嘩を会社でしやがって！」

刺身の店で夕食をとり、ペンションに戻った。いまどき、そこそこのリゾートはいくらでもあるのに、こんな古いペンションとは。全体会議で中央ホールへと社員が集まるあいだ、私とイ・ユンミ氏は厨房で飲み物を用意した。ジュースの入ったコップを大きなプラスチックのお盆に全部のせ終わると、近くをうろついていたイ・ユンミ氏の元カレのキム代理が、咳払いをしてお盆を持っていった。キム代理が出ていくなり、イ・ユンミ氏が低い声でつぶやいた。目ざわりなんだよ。私は察しの悪いフリをしてイ・ユンミ氏に聞いた。

「なんで、ずっと同じ会社にいるんですか？」

すると、イ・ユンミ氏はオレンジジュースに手を伸ばし、直接ごくごく飲んだ。

「他のところにずっと応募してるんだけど、うまくいかないんだ。だからって遊んでるわけにもいかないでしょ？　あたしは、ヤン室長とパク室長の気持ちもわかるよ。プライドだの、他人の目だの、そんなこと気にかけてられる？　食べていかなきゃならないんだから。どうして人に手が二本あると思う？　他は全部手放しても、心の手綱と食い扶持は、それぞれの手にしっかり握って暮らせって意味なんだよ」

会議の準備が整った頃、ヤン室長を含む後発隊の三人が到着した。ヤン室長はシルクのスカーフを首にぐるぐる巻いていた。秋物にしてはやや厚手に見える、シルクのスカーフ。ずっとスカーフを引っ張り上げている指があまりに細すぎて、震えているみたいだった。

会議はもちろん退屈だった。会社がどう動いているかの事情がよくのみこめていない立場からすると、子どもの英語ディベート大会あたりを観覧している気分だった。ところどころ聞き取れる単語は出てくるものの、全体として何の話かわからず、そんな中他の人たちが唾を飛ばしながら熱弁をふるっている、という光景。ざっくりと理解できたのは、パク室長側の実績が振るわず、クライアントからの不満も多いが、パク室長はそれを、自分が難しいクライアントを任されているせいだと思っているらしいことだった。パク室長の担当する病院は、主に肛門外科と泌尿器科だった。

「精神科や皮膚科は、パネリストにもぐりこませるのだってラクじゃないですか。記事にちょっとコメントつけさせるのだって簡単だろうし。精神科の医者は、何かっていうと〈うつ〉って言うんだよな。このままじゃ全国民がうつ病だ。大韓民国の未来が憂鬱だね、憂鬱」

ヤン室長は腕を組んだまま、パク室長には目もくれず、落ち着きはらって答えた。

「いくら精神科だからって、テレビ出演が簡単？　世間に、うちのクライアント以外精神科がないわけでもあるまいし。それに、そちらがダメなのは、テレビの実績だけじゃないのでは？」

「こちらがプレス向けの資料作りも大変、ＳＮＳでのマーケティングにも限界があるっていうのは事実でしょうが。ヒアルロン酸を入れてやって、糸を埋め込んでやって、マッサージしてやるっていって、そんな交渉のどこが大変だよ？　こっちはできませんからね。全部顔出しで、私は痔です、便秘です、パイプカットしました、って言う人がいるかっていうんだ」

ヤン室長は目を伏せ、低い声で返した。

「ご自分が、なされればいいですよね」

ヤン室長の周りの数人が首をすくめてクスクス笑ったが、当のパク室長は聞き取れなかったらしい。ヤン室長が両手をこすり合わせながら肩をすくめ、パク室長は眉を伝って流れ落ちる汗を手のひらでぬぐった。火照った赤い顔をしながら、首をかしげているヤン室長を睨みつけ、一言ずつ力を込めた。

「僕も、へそから上を、ちょっと、担当させてくださいよ」

眠たげに目を閉じて聞いていた社長は、二人の激論が形無しになるくらいあっさりと言った。

「じゃ、業務をとっかえろ」

ヤン室長は顔を上げて社長を一度見ただけで、抗議も反論もしなかった。パク室長は望み通りになったにもかかわらず、依然歪んだ顔のままだった。社長は長いあくびを一度して、再び目をつむった。怖いほどの静寂。古い壁掛け時計の秒針の音が、ペンションの高い天井にカチカチと響きわたった。

眠れない数人で、一つの部屋に集まって酒を飲んだ。二時を少し回ったところでトイレに行こうとしたら、階段の向こうからパク室長とヤン室長の声が聞こえてきた。

「君は、必ず僕をやりこめないと気が済まないのか？　僕は君の夫だよ。僕らは家族なんだって」

「家では家族でも、ここは会社なの。私、この会社に社長より愛情を持ってる人間なのよ。社長がどんなつもりであなたを引き抜いてきたか知らないけど、私はあきらめない」

デュポンライターの蓋を開ける音がカチャッ、とした。長い息づかいの後で、パク室長が言った。

「一つだけ訊く。君は僕を、愛してるのか?」

「家族は、和気藹々《あいあい》ならそれでいいじゃない。必ずしも、愛してまでいないとダメなわけ?」

私は暗い廊下に立ち、二人の会話をずっと盗み聞きしていた。夫婦の愛と家族の和気藹々について考えた。血縁と学閥で絡みあう職場、単純な社長と専門性のない上司と成功への情熱に満ち満ちたまた別の上司、そして、心の手綱と食い扶持について考えた。実際、それほど入りたかった会社でもなかった。卒業から六か月が過ぎて、それ以上ふらふらしているわけにはいかなかったし、どこでもいいからとりあえず入りたかった。私の初めての職場。初めての社会生活。楽勝だと思っていたが、途方にくれた。

トイレに行っている間に、一緒に酒を飲んでいた三人が適当に転がって眠りこみ、イ・ユンミ氏だけがしきりにまばたきをしながらひとりで座っていた。彼女は、左右に身体を揺らしながら言った。

「ハニーもしっかりしなさいよ。ハニーは、他の人とは違う気がするから言ってんの」

ハニー？　今、私にハニーって言った？　そういえばイ・ユンミ氏だけでなく、女性のキム代理も、チャン課長も私を「ハニー」と呼んだ。食堂で働く中年の店員を「おばちゃん」と呼ぶように、高年齢の男性を「社長」と呼ぶように、年齢と職位が低いと思われる女性の同僚を呼ぶ、語源不明の呼称。なぜ、よりによって「ハニー」なのか。

「会社に入って、恋人がたくさんできた感じです。みんな、私を見るとハニーって呼ぶんですよね」

私がおどけて笑うと、イ・ユンミ氏もつられて笑った。

「でしょ？　ちょっとウケるでしょ？　私も最初にミス・キムからハニー、ハニー、って言われた時は、気まずかったし笑えたけど」

「ミス・キム、ですか？」

「うん、ミス・キム。ハニーの席にいた、ミス・キム」

そんなわけで、イ・ユンミ氏からミス・キムの話を聞かされることになった。

ミス・キムはだから、ミス・キムだ。肩書もなく、部署もなく、特に担当の業務もクライアントもなかった。そんなふうに言うとミス・キムは一体何をしていたんだと思われるかもしれないが、実は会社で一番多忙だった。決まった仕事がない代わり、すべての仕事をしていた。プレス資料も作り、リリースもし、記者と打ち合わせも行い、撮影のサポートもし、ホームページの管理もし、病院や学会へ営業にも回った。

最初は、資料探しをしたりアポを取ったりコピーをしたりする程度だった。やがて、資料をまとめて下書きを作るようになり、そもそものプレス資料作成を任されるようになった。プレス資料を作るついでに記者にメールを送って確認の電話を入れ、一度顔を合わせて話そうというやりとりをしているうちに打ち合わせにも参加するようになった。ちょうどいい体験者が見つからないときはテレビ出演もした。便秘に苦しむ会社員にもなったし、大人アトピーの患者にもなったし、脊椎側弯症やストレス性の脱毛に悩む二十代女性にもなった。ミス・キムは本当に便秘がひどくて、若干アトピー気味で、脊椎が曲がっていて、頻繁なテレビ出演のストレスで脱毛もあったから、嘘をついていたわけではない。モザイク処理もなしに脱毛に悩む患者としてニュースに登場し、ぽっかり薄くなった頭頂部を天下に晒した日、パク室長は賞賛めかして「ミス・キムこそ現代医学の生き証人だ、大韓民国医療界の大黒柱だ」と言い、カラカラ笑った。

「これからは、ミス・キムの医療保険料を僕が払うぞ！」

パク室長はただの一度も、ミス・キムの医療保険料を払ってやりはしなかった。以降、ミス・キムは、どこかの調子が悪いと口にしないようになった。とにかく、頻繁にテレビに出演することでスタッフとつきあいができ、テレビの感覚がつかめてくると、ミス・キムはレギュラーパネリストの席をゲットしてくるようになった。収録のある日は現場に行き、病院長たちのマネージャー役までした。

ミス・キムがどうやってこの会社に入社したのか、正確に知る者はいない。以前ほんの少し会社にいたチャン課長の友人だかヤン室長の後輩だかの親戚だと、イ・ユンミ氏は聞いていた。高卒だと思っている人もいたし、短大卒だと思っている人もいたし、大学中退だと思っている人もいた。入社の経緯についてもいろんな話があった。会社が急成長した時期の社員急募で、大した手続きもなく入社したという説もあれば、家でぶらぶらしているミス・キムを見かねた親戚が、何の仕事でもいいからやらせてやってくれと頼みこんでアルバイトで入ったという説もある。

ミス・キムの学歴について、入社の経緯や契約形態について、年俸について、まともに知っている人は誰もいないし、今となってはわかりようもない。ミス・キムも、ミス・キムの親戚も、会社にいないから。見たと言う人はいるが実体のない、伝説の怪物。ミス・キムは、社長の机に続く会社の二番目のミステリーだ。

「それで、その人はどうして辞めたんですか？」

私が質問すると、イ・ユンミ氏は指を持ち上げて首に当てた。

「辞めたんじゃなくて、クビ切られたの」

きらきら光る銀色の爪のイ・ユンミ氏の指先に、ぞわりとした。

ミス・キムが奥歯をぎゅっと噛みしめて理由を尋ねると、パク室長はこう答えた。

「ミス・キムの位置づけが曖昧なんだよ。こっちもやりづらいし」

社長はこう答えた。

「うちの会社も、雰囲気の刷新が必要な時期なんだ」

ミス・キムの影響力はあまりにも大きくなりすぎていた。代理でも課長でも室長でもなく、経歴は長いが職級は一番低く、年俸も最低のミス・キムが、会社の全業務を把握し、調整し、進めていた。だからといってミス・キムを昇進させたり、年俸を上げてやったりすることはできなかった。ミス・キムは、ミス・キムだから。

日差しの強い日だった。夏が終わりつつあり、天気予報が台風の接近を伝えていた。窓枠に干された雑巾が、半日でパリパリに乾いた。


ヤン室長は、スカーフをいじりながらミス・キムの話を聞いていた。眉を顰《ひそ》め、うなずきながら鼻をすすりもした。鼻をすすったのは実は鼻炎のためなのだが、そのたびにミス・キムの目から涙のしずくがぽとぽと落ちた。ヤン室長が細い指でミス・キムの涙をぬぐってやると、ミス・キムはヤン室長の胸に飛び込むようにしなだれかかり、おんおん泣き出してしまった。ヤン室長は黙ってミス・キムの背中をとんとんと叩き、彼女が少し落ち着いたところで冷静に言った。

「労働庁に、訴えることね」

誰もいないと思って会議室のドアを勢いよく開けたイ・ユンミ氏が、ミス・キムの狼狽した表情を目撃した。解雇通告を受けた時より、もっと絶望的な顔だった。ミス・キムは、労働庁がどこにあるのか、どうやって申し立てをするのか、申し立てた後どうなるのか、知らなかった。

「これは百パーセント不当解雇よ。最近はちゃんと相談にも対応してくれるらしい。うまくいけば救済もありうるし、解雇予告手当あたり、受け取れるかもね」

ミス・キムは、ヤン室長の現実的で成功可能性が高いアドバイスを実行に移すことはできなかった。それはあまりに現実的で、成功可能性が高かった。

チャン課長は、ヤン室長とは比べものにならないくらい激しい反応を見せた。

「ミス・キム、黙ってたの？　そんなの黙ってほっといてたわけ？　ミス・キムってバカなの？　今までミス・キムがどんな思いで仕事してきたか！　あたしがパク室長と直談判する。心配しないで、ミス・キム！」

パク室長はちょうど外回り中だった。打ち合わせが終わったら直帰するだろうという話を聞きつけたチャン課長は、事務所の真ん中で、大声で、パク室長と電話で話をした。

「今日ちょっと会いましょう……ダメです、必ず今日、会わなきゃダメなんです……ええ、急ぎの要件なので。私が行きましょうか？……じゃあ一階のホップ屋に来てください……ええ、八時に」

その日の夜八時に、ミス・キムも会社の近くで酒を飲んだ。イ・ユンミ氏と、女性のキム代理がセッティングした飲み会だった。パク室長と社長をこき下ろし、ヤン室長をこき下ろした。チャン課長については、単純なところがこういう時はいい、意外と姉御キャラだという評価になった。悪口なのか賞賛なのか、少し微妙だった。酒の席が長くなってみんな酔っ払い、意識がぐらつき、ミス・キムの怒りもぐらついた。

二次会で、最近人気のドラマとそのドラマの男性主人公、その男性主人公が所属するアイドルグループの話になった。気分がよくなった三人は、カラオケに行こうと飲み屋を出たところで、絡み合う見慣れたシルエットを目撃した。パク室長とチャン課長が、肩を組み千鳥足で歩いていた。チャン課長の豪快な笑い声と雷のような声音が、明け方の路地に響きわたった。行こーっ！　三次会は僕のおごりだー！　何言ってんのっ！　一次会も二次会もぜーんぶパク室長が出してんだから、三次会はあたしが出すってば！　二人の後ろ姿を眺めながら、キム代理がつぶやいた。

「二人、すっごい仲良さそうに見える」

翌日、チャン課長は有給休暇を取った。翌々日と翌々々日は週末で出勤しなかった。月曜日と火曜日には地方のセミナーに出かけ、水曜から金曜までは一足遅れの夏休みに入った。ミス・キムは結局、チャン課長に挨拶もできないまま退社した。

ぼんやりイ・ユンミ氏の話を聞いていた私の口から、チャン課長ひどいな、という言葉が思わず飛び出した。イ・ユンミ氏が苦笑いした。

「チャン課長はそれでもマシ。どうせ同じ業界に転職するんだろ、この業界は狭い、なのにわざわざ騒ぎを起こすなって人もいたし、そうやって不満を言って歩くもんじゃないって叱る人もいたんだって」

「誰ですか？」

イ・ユンミ氏が首を横に振った。

「私も知りたくて根掘り葉掘り訊いたんだけどね、最後まで教えてもらえなかった」

ミス・キムの最後の業務は、求人広告を出すことだった。

雇用形態――インターンを経て採用

勤務部署――PR、広報、コンサルティング、リサーチ、経理、管理

給与条件――当社内規に従う

資格要件――新卒、大卒以上、性別不問、年齢制限なし

正社員でもなく、仕事内容もハッキリせず、月給がいくらもらえるかもわからない職にやっ

て来る頭のネジのぶっとんだ人がいるだろうかとミス・キムは悪態をついたが、履歴書はあふれんばかりに押し寄せた。そうして選ばれた、ただ一人の頭のネジのぶっとんだ人が、まさに私である。

　ペンションのトイレが一つしかなくて、髪が洗えなかった。とりあえずかぶっていたキャップの中で、アリが這い回っているみたいだった。早く帽子をとってシャワーを浴びたい一心で、一段抜かしで階段を駆け上がって玄関のドアロックのカバーを下ろそうとしたが、動かなかった〔韓国の玄関の鍵はナンバーキーが多く、ドアロックのカバーを下ろし暗証番号を入力することで開錠できる〕。ドアロックをつかんでうんうんと唸っていると、エコバッグを提げて帰ってきた隣の部屋の女性と鉢合わせになった。隣の女性は足をゆるめ、チラッと私に視線をよこした。

「それ、外さないといけないかも」

　大家のおじさんに電話をすると、おじさんは独り言のように「頭のおかしいヤツめが、まったく」と漏らし、三十分だけ待っていろと言った。しょっちゅう故障してたのかな。頭のおかしいヤツって、誰のことだろう。就職が決まり、慌ててこのワンルームに引っ越してきた。寄宿舎を出た後でずっと住み続けていた大学前の下宿の契約期間がちょうど終わって、新しいスタートを切りたいとも思っていたところだった。毎月の家賃はそれまでより五万ウォン上がるが、場所もいいし、ビルトインの家具もきれいだし、空室だから即入居できる点も気に入り、その場で契約した部屋だ。階段に座って大家のおじさんを待っていたが、頭はかゆいわ悲しいわでたまらなかった。その時、隣の部屋のドアが細く開いた。

「うちの部屋で、待ちます?」

自分の部屋と同じ構造の他人の部屋に入ると、気楽でもなければ居心地悪くもない、不思議な気分になった。それでなくても気づまりだった私に、方言のなまりが残る隣の部屋の女性は衝撃的な話を聞かせてくれた。私の部屋に前に住んでいた女性に、ストーカーがいたのだという。窓に石を投げつけ、玄関のドアノブに油を塗り、真夜中にチャイムを鳴らしてドアをどんどん叩き、警察沙汰にもなった。一度は、差出人不明の宅配が届いたという。

「それで、中に何が入ってたと思います? アレ……アレ、ですよ。大きいほう」

「大きいほうって、何ですか?」

「大きいほうですよ、大きいほう。小さいほうっていう時の、大きいほうです」

吐きそうになって、口を塞いだ。

「それも、プチプチで丁寧に包装して、形がひとつも崩れてなかったっていうんですよ。大したもんですよ、変態男」

前にも、接着剤を詰められてドアロックを外したことがあったそうで、今度もその男の仕業だろうと確信した。

「別れた元カレだったんです。でも、彼女とヨリを戻したくてそうしてたわけじゃないんですって。結局彼女は会社を辞めて、地元に戻りました。その時は私も怖くて引っ越したかったけど、引っ越すお金もなくて、だから、ずっとこうしてるんですよね」

大家のおじさんは、警察にも届けてあるし、前の住人だったお嬢さんにも電話をして、ちゃんと解決済だから心配いらないと言ったが、常識的に考えて心配しないでいられるはずがなかった。ストーカーも怖いし、大家のおじさんも怖いし、牛でも殴り殺すみたいな大きな金づちでドアロックを一気に外した鍵屋のおじさんはますます怖かった。

窓と、新しくなったドアロック、補助の掛金具まで何度か確かめた。温かいお茶でも飲めば気分が落ち着くかと思い、ヤカンに水を注いでガスにかけたその瞬間、隣の部屋で何か落としたのか、ドンッと床が鳴った。その音に、心臓が大きく、速く、打ち始めた。そして、しばらく経っても収まらなかった。私が今怖れているものは、単なるストーカーや強盗なんかではないと思った。それよりもっと根本的なもの。特定の事故や事件ではなく、私を取り巻く状況のようなもの。たとえば、若い女が自分でひっそりと責任を負い、一人で生きるということ。

ワークショップ以後、会社では奇妙な出来事が続いた。

女性のキム代理の国語辞典がなくなった。百科事典のように分厚い国語辞典だった。インターネットでも簡単に単語検索ができる時代に、キム代理は必ず、パラパラと国語辞典を確認して蛍光ペンで線を引いた。

「こんなふうにしてこそ、自分のものになった気がするのよね」

そっとめくってみると、線が引かれているところはそれほど多くなかった。口で言っているだけで、さほど調べてもないいんだなと思っていると、キム代理が私の表情を読みとったのか、急いで付け足した。

「あっ、これはミス・キムが新しく買ってくれたやつだから。大学の時から使ってた辞典をミス・キムに貸したら、コーヒーをこぼしてね。前のほうが手になじんでてよかったんだけど。これは、まだ慣れてないの」

その新しい辞典が、手になじむ間もなく姿を消した。キム代理がうんうん唸りながら机を動かしたが、辞典はなかった。本棚と机の間から辞典の代わりに一万ウォン札が一枚出てきて、キム代理はそのお金を、辞典を買う足しにはせずコーヒーを飲むのに使った。そのあたりまでは、誰も深刻に考えていなかった。


パク室長が、新しい病院との契約が決まりそうだと興奮して打ち合わせの準備をしていた。本棚の前できょろきょろしていたかと思うと私を呼び、事務所の整理もまともにできないのか、といきなり大声を出した。とりあえずムカついた。

「去年、皮膚科の資料集を最後に使ったのは誰だ？」

なぜそれを私に訊く？

「知りませんが」

「早く探してこい。今持って行かなきゃならないんだから」

そんなに重要なら、あらかじめ探しておくとかさ。

社員たちに訊いてみたが、みんな、チラッと周りを見回して「ない」と返事をし、自分の仕事に戻っていった。資料集は、バラバラだったプレス資料や放送台本、イベントの企画案などを診療科目別にまとめ、印刷して製本したものだ。本にしようというアイデアを出したのも、毎年直接まとめていたのも、ミス・キムだった。いつものようにすべての仕事をこなしながら、社員たちをせっついてファイルをもらい、編集し、ページを入れ、目次をつけて製本するのに、一月いっぱいをすっかりつぶしていたという。当初は記録の保存というレベルで作成されていたものだが、プレス資料を書いたりアイデアを出したりクライアントと打ち合わせをする時にも非常に役に立った。その使える資料集がなくなったのだ。探しに探していたパク室長は、約束の時間が迫って手ぶらで打ち合わせに出かけ、イ・ユンミ氏は、パク室長の後頭部に向かって「いい気味」と言った。

「ミス・キムが整理してて家にも帰れないでいた時は、無駄なことをして、ってあんなに面と向かって罵倒したくせに、一番よく使ってんだから。だったらあの時、夕飯でも一食おごっとけよ」

チャン課長は、いつかなくなると思っていたと言い、見かけたら元の場所に戻しておくようにと大声でみんなに注意した。そしてぽつりと付け加えた。

「ミス・キムがいないから、会社がすっかりメチャクチャだ」

別に私に向けられた言葉ではなかった。私はミス・キムのしていた業務を引継いだわけでもない。でも、いい気はしなかった。


ヤン室長の指示で、プレス資料のリリースというのを初めてすることになった。震える指で「送信」のアイコンをクリックすると、直後に約半分のEメールが戻って来た。戻ってきたメールの宛先のアドレスをもう一度確認して送り直したが、今度もみんなエラーだった。私のメールアカウントでの表示が間違っているのかと思い、記者住所録の最初の行から順番に電話をかけた。この番号は使われていない、間違い電話、電話に出ない、この番号は使われていない、間違い電話、電話に出ない。受話器を持ったりキーボードを叩いたりバタバタしていると、隣の席のチャン課長が体を傾けて私のモニターをのぞき込んで、言った。

「メールアドレスが、変だな」

「はい？」

「一番上の行、アップルツリーじゃない？　なんでアップルツリーってなってんの？」

住所録でも「abbletree」になっていた。「purple79」は「burble79」に、「spring365」は

「sbring365」になっていた。耳ざといイ・ユンミ氏が私の席に駆け寄ってきた。

「共有フォルダーのファイルも全部変なんです。クライアントの電話番号も違ってますし。どうせ携帯に保存してあるから、もう一度確認してかけ直しはしたんですけど、よく見たら、4が一つ残らず5に代わってるんですよ」

チャン課長は一瞬ビクッとしたが、すぐにぎこちない笑顔を作った。

「イ・ユンミさんのメールにメルアド入ってるよね？　それでもう一度、ファイルを作っておこうか」

「全部はありませんよ。各自知ってるアドレスを集めて、整理しなきゃですね。住所録を作るって一番大変なのに。アルファベットと数字をずっと見てたら目が使い物にならなくなりますよ。それにしても、こういうファイルって、全部誰が作ったんですか？」

チャン課長はうつむいて考えこんだ。隣にいた女性のキム代理が無邪気な声を上げた。

「ミス・キムに決まってるでしょ」

今でなければ言う機会はないと思い、私も付け加えた。

「実は……社員用の住所録の電話番号も、全部違ってるんです。パソコンと電話、ネット、コピー機の修理担当者の番号は完全に消えてますし、それと、これは大したことじゃないですけど、飲食店の電話番号とメニューがまとめられてるもの、あったじゃないですか。あれもなくなってます」

「誰がメニューまでまとめてたの？」

今度も、キム代理が当然のごとく言った。

「ミス・キムに決まってるでしょ」

チャン課長は、なんでもないことのように椅子を戻しながら私に言った。

「新人が住所録直しといて。急ぎじゃないからゆっくりでいいよ。せっせとやってね」

ゆっくり、せっせとやるというのは一体理屈が通っている話だろうかと思った。イ・ユンミ氏は、よくわからない表情でチャン課長をじっと見つめていた。笑っているような、笑っていないような、愉快なような、不愉快なような。その時、誰かが鼻歌を歌った。

奇妙な住所録のせいで、何人かがしなくてもいい苦労をした。Eメールがおかしい、電話番号が変だ、知っているかと、みんなよりによって私に訊きに来た。事情を説明すると、低い声で「早く直して」と言い残し、黙って席に戻った。少しするとその隣の人、隣の隣の人、翌日には隣の隣の隣の人が訊きに来て、「直して」とだけ言うと口をつぐんだ。これが、どれほど大きな企業機密だっていうんだろう。歯磨きをして戻れば、ランチに誰が何を食べた、誰が払った、誰がコーヒーに砂糖を入れたか入れなかったかまでパーッと広がるこのおしゃべりな会社で、なぜ住所録がおかしくなったという話はお互いしようとしないのか、不思議だった。

ある日、突然コピー機がガタついた。バランスをとるために左側に挟み込んであった、宅配の段ボール箱の切れ端が消えていたのだ。修理技師にも直せなかったものをミス・キムが直したと、チャン課長が言っていた。埃がつかないようにリモコンにかけていたラップも剝がされた。ミス・キムがかぶせたのだと聞いた。マグカップもいくつかなくなった。ミス・キムはきれいなカップが好きだったという。事務用品の引き出しの間仕切りもなくなり、ペンやゼムクリップ、ハサミ、手帳なんかがみんなごちゃごちゃになった。急ぎで使いたい時どうするつもり、と小言を言いながら空き箱で仕切りを作り、引き出しを整理したのもミス・キムだった。ピザ屋と中華料理屋のクーポンもなくなった。もちろん、ミス・キムが集めておいたクーポンだった。

事務所の空気が一気に沈んだ。何かがなくなったり、事態がうまく進行しなかったりしても人に責任を押し付けず、自ら解決する先進的な文化が突如として生まれた。チャン課長の声は小さくなり、パク室長は一人でぶつぶつ言いかけてはやめ、社長の足は次第に遠のいて、一週間ずっと姿を見せなくもなった。腹立たしいことにも腹を立てる人はおらず、一方で、ちょっとゾッとすることだが、怖がっている人もいなかった。私は気が楽になった。おとなしく住所録を作り、コピー機に紙を挟み、引き出しを整理した。

そうこうするうちに騒ぎが起きた。頭痛薬を探していて救急箱がなくなっていることに気づいたヤン室長が、こめかみを指で押さえながら、これ以上我慢ならないとばかりに大声を張り上げた。

「こんなことが、なんでよりによって今、こういっぺんに起きるわけ？」

互いに他人の顔色を窺って誰も答えられずにいた時、女性のキム代理が言った。

「警察に通報しましょう」

イ・ユンミ氏が腰を抜かした。

「キム代理は、なんで大事にしようとするんですか？　それに、この程度のことで警察が捜査してくれると思います？」

チャン課長もイ・ユンミ氏と同じ考えだった。

「この機会に戸締りをちゃんとすればいいんだよ。看板の内側にマスターキーが隠してあるって、隣の事務所の人だってみんな知ってるしさ。ウチも、指紋認証のやつにかえるとかね」

しかしヤン室長はかたくなだった。

「犯人を捕まえなくちゃ。私が管理室に行って、まず監視カメラを確認する。この事務所にはなくても、廊下とエレベーターにはついてるでしょ」

引き留める間もなく、ヤン室長は事務室を出て行った。それからは仕事が手につかなかった。イ・ユンミ氏とチャン課長も、何が不安なのかずっとコーヒーを飲み続け、トイレを出たり入ったりとそわそわしていた。パク室長はコンビニで缶ビールを買ってきて堂々と飲んだ。そんな感じで午後が過ぎ、一面夕焼けに染まり始めた頃、やっとヤン室長が赤い目をして戻ってきた。好奇心と懸念が混ざったまなざしには目もくれず、とぼとぼと自席へ進むと、どさっと腰を下ろした。チャン課長が、左足でガタガタガタガタと貧乏ゆすりをしながら訊いた。

「見た?」

ヤン室長は首を左右に振った。管理室で監視カメラを見せてくれなかったのだろうか?

「映ってなかった。廊下の端の監視カメラが、ちょうどうちの隣の事務所までカバーしてて。おおよそわかるだろうと思ったんだけど、いないのよ。退勤時間後に、うちの事務所の方へやって来た人は、誰もいない。一か月分全部探した。でも、エレベーターのカメラにも、廊下のカメラにも、特別怪しい人は映っていない。監視カメラに映ってなかったってことは……」

ヤン室長が言葉を切った。私も、知らず知らずのうちに唾をごくりと飲みこんでいた。話のあいだに、なぜか退勤しないでいた社員や、窓際で酒を飲んでいたパク室長までがヤン室長のそばへそっと集まった。ヤン室長は確信に満ちていた。

「カメラの位置まで、把握してたってことね」

心臓がドキッ、とした。

「一階から非常階段を通って上がって、反対側の廊下から入った。この建物、うちの事務所を、とてもよく知っている人物だってことでしょ。誰だろう?」

誰も答えなかった。

「警察に届けなくちゃ」

ヤン室長が机に置かれた電話の受話器を持ち上げるなり、チャン課長がヤン室長の手をむんずとつかんだ。

「ちょっと待った！　ちょっと待った！　先に、うちのドアロックを替えましょうよ。事務室にも監視カメラをつけて、各自、自分の引き出し、自分のパソコンの管理をちゃんとして。それでもずっと変なことが続くようなら、その時また考えましょうって」

誰かは独り言のように「騒ぎは勘弁だ」と言い、誰かは「警察の捜査がどんなに面倒くさいか知ってるか」と言い、また誰かは芝居がかった調子で怒りながら「それでも犯人は必ず捕まえるべき」と言った。イ・ユンミ氏は頭を横に振りながら自分の席に戻った。

「あー、頭痛くなってきた。私、抜けますね」

ヤン室長が声を荒らげた。

「面倒で煩わしいから抜けるっていう人は抜けなさい。私は警察に通報するから」

そしてもう一度受話器を持ち上げたが、今度はパク室長が受話器を奪い、ガンッと置いた。

「で、犯人を捕まえたらどうするつもりだ？　リモコンにラップをかけろって言うのか？　引き出しの整理をしろって？　クーポン出せって？　君が賢くてクリアでぬかりのない人間だってことはわかってる。よーくわかってるから、こういう時は、黙ってやり過ごそう、頼むよ！」

日が暮れかかっていた。向かいのオフィステルのガラス窓に反射して、黄色い日差しが私の机の上に力なく伸びていた。雲が、見てわかるほど速く流れていた。風が吹いているらしかった。

不思議であり当然のことだが、それ以上紛失事件は起きなかった。みんな、何事もなかったかのように仕事をし、求人求職サイトをチェックし、人目を忍んで履歴書を書きながら、相変わらず会社に残っている。私は最近、コピー機に長い間踏みつけられてぺしゃんこになった宅配の段ボール箱の切れ端をしおりに使っている。言わば、一種のお守りである。

オーロラの夜

私たちは四日間イエローナイフに泊まることにした。オーロラが見える確率は九十八パーセント。だが、どうなるかはわからない。自然現象だし、宇宙の決め事でもあるから。確率というものはなんの約束もしてくれず、ただ勇気だけを与えてくれる。

搭乗ゲート前の椅子に座っていた。本当に飛行機に乗るんだなあという実感が湧いてきたり本当に行くのかなあと夢心地になったりした。突如として合流することになった旅友は、ガラスの窓越しに滑走路を眺めている。肩幅が狭いなあ。なんて細い手首だろう。私は椅子から立ち上がって日光の差し込むガラス窓に近寄り、彼女の右横に並んだ。

なじんだ肌のにおい。くねくね自由に曲がっている細くて茶色い髪の毛。日差しに細めた目、ぼんやりした目、なんの計画も心配もなく考えることすらやめてしまったような目。あの目を見て気後れするときもあれば、悲しくなるときもあった。何を考えているのかと聞こうとしてやめた。彼女はゆっくり首を回して私を見た。目が合うと、口元に微笑みを浮かべた。私も笑い返した。一緒に行こうと誘ったのは、私のほうだった。

無事に出発できるだろうか。オーロラは見られるだろうか。今のような関係、距離のまま戻ってこられるだろうか。

搭乗開始を知らせるアナウンスが流れた。

＊

二学期が始まると、すぐに仕事が押し寄せてきた。復帰する予定だった先生が休暇を延長したし、学校運営委員会はあと一週間後に迫っているし、一年生の生徒たちがカラオケで中学生を殴った件で学暴委〔「学校暴力対策自治委員会」の略。生徒を対象とした傷害、暴行、名誉毀損・侮辱、性暴力、いじめなどについて、被害者の保護と加害者の処分を決定するため各学校に設置が義務付けられていた。二〇二〇年の法改正で廃止〕も行われることになっている。被害生徒の父親から電話があり、一時間近く話をした。勝手に切るわけにはいかなかった。ええ、はい、私も詳しくまだ聞いておりませんので、と返事しながらもとにかく最後まで話を聞いた。去年も同じような暴力事件があったので、資料も出してきて目を通しておいた。ときどき顔を上げると、色相環をずらしたみたいに窓の向こうが一段階ずつ暗くなり、いつの間にかすっかり日が暮れていた。

駐車場への階段を降りていると、突然めまいがした。何日か前にも運転中に目の前がくるくる回って危なかったことがある。車を駐車場に置いて帰ることにした。路地を少し行った大通りにタクシー乗り場があって、いつも一、二台はタクシーが待っている。

短い道のりなのに、二人の生徒と一人の卒業生にばったり出くわした。何が恥ずかしいのか首を斜めに傾けてペコリと挨拶する子もいれば、教頭先生、なんでこんなに帰りが遅いんですか？　忙しいんですか？　お家はこの辺ですか？　とうれしそうに親しみを込めて話しかけてくる子もいる。どちらもかわいくて、私よりずっと体格の大きな生徒たちの頭をそっと撫でてやった。学暴委の資料を読んでいた少し前まで、今どきの子たちは昔のようにはいかないと思っていた。でも、こうして見ると、子どもはやはり子どもだ。

車が道路の上を一定の間隔、一定のスピードで走り、信号機はタイミングよく色を変えてくる、そんな平凡な大都会の夜だった。道路の向かいには、スターバックスの大型店舗がある。いつもなら辺りを真昼のように照らす店内の明かりはもちろん、看板まですっかり消えていた。スターバックスにも休みがあったんだっけ。いつもより暗くて気が塞がるような夜だった。タクシー乗り場に着くあたりで、わけもなく空を見上げた。高い空の向こうから赤いうねりが見えた。

空のうねりは、右からはじまって左へ、ゆっくりと波立っていった。ずっしりとしたカーテンの裾が風に耐えかねて吹かれているような、ゆったりと重みのある動きだった。しばらくして、今度は一定の方向もリズムも持たない光が揺らめいた。

細くて濃い黄色の帯、もう少し幅の広いピンク色の帯、もっと幅広でぼんやりしている紫色の帯が長く、幾重にも、横たわっている。あれって何なの？　私はじっと立ったまま夜空に広がる未知なるもの、自然現象あるいは幻を見上げていた。そのとき、一枚の写真が頭の中によみがえった。

高校のときに友達からもらったポストカードだった。海外に住む親戚から送られてきたものだったっけ、友達の父親が出張から買ってきたものだったっけ。教科書に挟んでいた十枚あまりのポストカードのセットを取り出したとき、あたりに石鹸の香りが広がったことが今でも記憶に新しい。どう考えても紙の匂いではなかった。海外旅行に行くのが自由ではない時代だった。外国へのイメージは、声優の声で吹き替えられた「週末の名画」〔韓国の地上波放送局であるＭＢＣで、一九六九年から二〇一〇年まで放映された映画番組〕の中のシーンと、海外に移民したおばさんたちのエピソードがごったまぜになった頓珍漢なものだった。一度も訪れたことのない地球の裏側から運ばれてきた爽やかなにおいに、私はうっとりと心を奪われてしまった。

「すごくきれい。これって何？　ＵＦＯ？」

「オーロラだよ」

「オーロラって白でしょ？」

「何言ってるの？　これがオーロラだってば」

たしか、理科の教科書か百科事典かで写真を見たことがある。左ページの右下に横長の写真が一枚載っていたのを今も鮮明に覚えている。黒い空に煙というかクモの巣のように舞っている白いオーロラ。ポストカードを一枚、一枚めくっていると、何かに取り憑かれたような気がした。オーロラってこんなに華やかなものなの？　虹色に輝くものなの？　じゃあ、私が見たあの写真は何？　しばらく混乱しているうちに、私が見た本がモノクロ印刷だったことに思い至った。

目が覚めるようだった。あれって本当の色じゃなかったんだ。本物はこんなに美しくて豊かな色をしてるんだ。私は友達からオーロラのポストカードを一枚もらったけれど、友達からくれると言われたのか、私がほしいと頼んだのかははっきり覚えていない。全部のポストカードを机の上に並べて、そこから一枚を選んだことだけは記憶に残っている。悩みに悩んで選んだのは、雪の積もった木々の上空に、緑、青、黄色、ピンクの色を放ちながらオーロラが揺らいでいる写真だった。

高校を卒業し、大学を出て、とある私立高校の数学教師になっても、私はその写真を机の前に貼り続けていた。いつかオーロラを見に行こうと思った。静止したままの小さな写真の中のとある場面が、躍動的な世界に姿を変えて私の人生に迫りくるその瞬間、また別の目が開かれるだろう。長い間、そう胸をときめかせていた。

だが、「いつか」はいつまでもいつかのままだった。まだ学生だから、お金がないから、妊娠したから、子どもが小さいから。気がかりなことがすべて片付いたあとは、時間がなかった。そうこうするうちに、学校では度々工事が行われ、職員室を引っ越すときに写真をなくしてしまったようだ。今では記憶の中にしかない、この世で最も華やかで輝かしい場面。

あの夜、空ではためいていたのは、まぎれもないオーロラだった。ソウルでオーロラが見えるなんてあり得ない。今私が立っているここは一体どこなの？　これを見ているのは私だけ？　突然我に返ってカバンからスマートフォンを取り出した。あまり性能のよくないカメラで、ズームインして撮り、ズームアウトしてまた撮り、広角でも望遠でも撮って、動画でも撮ってみたが、写っているのはただの黒い空だけで、オーロラを写し込むことはできなかった。一枚だけ、うっすら赤みが感じられるものがあったけれど、街灯やネオンサインが反射しているようにしか見えない。たちまちオーロラは遠のき、消えてしまった。

夢かなあ？　かすかにオーロラが写っている写真を覗きながら、しばらくそのまま立っていた。ふと、死ぬ前にオーロラが見られるだろうかという考えが頭をよぎった。家族旅行で日本、シンガポール、タイのような近い国には行ったことがあるし、同僚たちと夏休みに一週間の日程でヨーロッパへのバックパッカー旅行をしたこともある。しかし、オーロラを見に行こうとは誰にも言えなかった。遠くて、寒くて、大変なところだから。いつか、いつか、と思っているうちに今の自分になった。机の前、二十年以上オーロラの写真を貼って眺めていたことさえ、きれいさっぱり忘れてしまった五十七歳の私。

＊

「カナダ？　急になんでよ？」

チへの口元がゆがみ、かすかに震えた。顔にはいろいろな感情が入り混じっている。寂しい気持ち、悔しい気持ち、がっかりした気持ち。だが、素直に表現できないという気持ち。だからこそ余計つらくなる気持ち。

チへは私たち、つまりおかあさんと私にハンミンの面倒を見てほしいと思っている。どうせ昼間は保育園に行くから、午後の四時から二、三時間だけ預かってほしいとおかあさんに頼んでいた。ちょっとの間だ、昼ごはんも昼寝も保育園で済ませてくる、ハンミンはすごくおとなしいと、たいしたことでもなさそうにさらっと言ったが、内心緊張していたのか肩にぐっと力が入っていた。頼まれたほうのおかあさんではなく、私が尋ねた。

「二、三時間？　あんたそんなに早く帰れるの？」

「そっからはママがちょっと見てよ。ママって仕事が終わるの早いでしょ？」

すると、今度は私ではなくおかあさんが尋ねた。

「仕事が終わるのが早い？　この子が？　あたしはヒョギョンと三十年一緒に暮らしてるけど、早く帰ってきたのなんて見たことないよ」

チへが目をそらしてブツブツ言った。

「帰れるのに帰らなかったんでしょ？」

あちらのご両親もすでにハンミンのいとこを育てているそうだ。申し訳なくて気まずいからと言って、てきとうにごまかすのはチへのためにもならないと思い、きっぱりと言った。

「子どもを見るっていうのは大変なことなの。自分だってやってるからわかってるでしょ？　若い人でも大変なのに、どうしておばあちゃん一人で何時間もできると思う？　それに、私だって年を取って、仕事から帰るとへとへとなの。ハンミンをみる自信はない。別の方法を探してちょうだい」

「ママはあたしをおばあちゃんに預けて、したいことぜんぶして暮らしてたくせに」

「何言われても平気よ。ずっと聞かされてきたからね」

生涯聞かされても鈍くなれない言葉がある。体の外側だけはそのままで、中身がガラガラと崩れ落ちるようだった。小さくて柔らかかったチヘは当時の私の年頃になり、とげとげしく私を問いつめてくる。なんであたしに、ああしてたの？　答えられないのよ、チヘ。答えたら私の殻まで崩れてしまいそうだから。あんたの質問と私の答えは、ブーメランになってあんたに戻っていくだろうから。頭の中でそう思うだけで、口には出さなかった。チヘが長い息をついてから尋ねた。

「ママ、定年まであとどれくらい？」

「六年？」

「じゃあ、ハンミンが一年生の時はママに預かってもらえるよね？　小学校に入ってからがもっと大変なんだって」

今度も答えなかった。

チへはマンションの掲示板に求人の貼り紙を出してベビーシッターを見つけた。となりの棟に住む、生涯ずっと育児と家事だけをやってきた専業主婦だった。三人の子どもはもう大人になり、二人は独立して学校と職場の近くに引っ越したため、夫と長女と暮らしている。だが、夫と娘も忙しくて、一人の時間が多いそうだ。

「おばさんの長女は、あたしと同い年なのに結婚する気がまるでないんだって。娘がハンミンママの半分でも似てくれればいいのに、ハンミンみたいな孫を抱っこしてみたいのにって毎日のように言うの。はあ、そのくせにさ……」

うちの娘が「ハンミンママ」になったんだね。おばさんがもう一人できたのね。あの頃の私みたいにあがいていて、私よりずっと解決策のないチへを見るのが心苦しかった。それにチへはシッターのおばさんといろいろなところが合わなかった。おばさんはハンミンの顔に汚れがついていると、人差し指の先に自分の唾をつけて拭いたり、暑いからといっておむつまで脱がせて裸で過ごさせたり、薬を飲ませるのをしょっちゅううっかりしたりした。ある程度は気にしないようにしてあきらめるしかないと、他人なんだから思うままには動いてくれないと型にはまったアドバイスをした。チへは髪をかきむしりながら苦しんだ。

「わかってるってば。ただ、それを口にも出せなくてどうにかなりそうなの。機嫌を損ねたらどうしようっていつもびくびくしてる。子どもを赤の他人に預けるのは、やっぱり違う気がするの」

ときどきこんなことを言った。友達のだれだれは、実家に子どもをすっかり預けて週末だけ家に連れてくるんだって。同僚のだれだれは、お母さんが孫たちの面倒を見るために仕事をやめたって。知り合いのだれだれは、両方の親と叔母たちときょうだいたちとでスケジュールを組んで、代わりばんこに子どもの世話をしてくれてるんだって……。誰かに子どもを見てもらえるなら、保育園にも預けないつもりだし、シッターのおばさんとも契約を打ち切りたいという。

チへは私の冬休みを指折り数えて待っていた。ママの冬休みが始まったら、ハンミンは保育園を休ませてゆっくり過ごしてもらい、新しいおばさんも見つけたいと、私の意見やスケジュールなど聞こうともせずに勝手に計画を立てていた。あまりにも当然のように言うので、かえって私のほうが「申し訳ないんだけど」と話を切り出すほどだった。申し訳ないんだけど、今度の休みにはカナダに行くつもりなの。チへはぽかんと口を開けたまま啞然とした顔で私を見つめると、どうしてカナダに行くのかと訊いた。本当に理由が知りたくて訊いているわけではなさそうだったが、私は答えた。

「死ぬまでに行っておきたいところ、やっておきたいこと、ほら、そういうのがあるじゃない？」

チへは隙間風のようにフッ、と音を出し、短く笑った。

「死ぬまでにやっておきたいこと、かあ。そういうのいいよね」

それきり口をつぐんでしまった。くちびるをぎゅっと結んだまま、窓越しに遠くのどこかへと目をやった。開いているベランダの窓の向こうから、かあーかあーかあーとカラスだかカササギだかの鋭い鳴き声が聞こえてきた。いっそチヘが怒ってくれればいいのにと思った。

それ以来、チヘとはすっかりこじれてしまった。いや、チヘが一人で心を閉ざしてしまったと言ったほうが正しいかもしれない。仕事が忙しいだの体調がよくないだのという理由で週末にも家に遊びに来なかった。おかずを作ってチヘの家を訪ねると、お出かけの準備をしているからと言っておかずだけを受け取り、玄関を閉めてしまった。

空になった紙袋を持って、チヘの住む団地から家まで歩いて帰った。いつもは町内バスを利用するのに、ぼうっとして歩いているうちにバス停を通り過ぎてしまったのだ。歩けないほどの距離でもないし、急ぎの用事があるわけでもないから、散歩がてら歩くことにした。聖堂の塀を伝ってツタが伸びていて、土の匂いが立ち込めている。夏の終わりの草木の匂いがマンションから吹いてくる風に乗って、漂ってきた。索漠としていると言うけれど、都会でマンションの団地ほど木や花の多いところもない。家近くまでたどり着いた頃には、額に汗がにじんでいた。

一階でエレベーターを待っていると、チヘと同じ年頃に見える若いママが抱っこ紐で子どもを抱っこして入口から入ってきた。口を開けてぐっすり眠っている子どもを、かわいくて仕方がないという表情で見つめる女性の手には、固定資産税の払込用紙があった。マイホームなんだ。ソウルの外れとは言え、ここ数年で不動産の価額は高騰している。まだ若いのに、どうやってこんな高いマンションが買えたのだろう。親に買ってもらったんだろうか。そんな軽はずみな考えが真っ先に頭をよぎった。

チヘにも余裕があったなら、あの女性みたいに穏やかな表情で子どもを可愛がっていたかもしれない。チヘは毎日の生活に疲れている。仕事のせいで、子育てのせいで、シッターのおばさんのせいでストレスを抱え、出産直後でも抜けなかった髪の毛が、しょっちゅう一握りほど抜けるという。チヘの気持ちがわからないでもない。チヘの世話をしてくれるおかあさんがいた私だって、いつも不安で、疲れ果てていたから。

結婚してから数か月が経ったある日の夜、チヘが仕事帰りになんの連絡もなく家にやってきた。すいとんを作ろうとしているところだった。前の日の夜にすいとんが食べたいと私が独り言のようにつぶやくのを聞いたおかあさんが、昼間に小麦粉を練って寝かせておいてくれたのだ。煮干しと昆布で出汁をとりながら、人生っておもしろいもんだなと考えた。おかあさんと私は雨の日にはなんとなくチヂミを焼き、キムチがいい具合においしくなったからと突然餃子をつくり、季節の変わり目に市場から買ってきた完熟の果物でジャムを作った。ある週末の朝、トーストにみかんのジャムを塗りながら、おかあさんは「おいしい」、ではなく「面白い」と言った。

「あたしが、ごはんの代わりにパンにジャムをつけて食べてるよ。何十年も、朝は白いご飯にお汁って頭っから思い込んでたのにね。だから人は、年をとればとるほど若い人のまねをして暮らさなくっちゃ。でなかったら、この味を知らないまま死ぬところだったわけでしょ」

おかあさんは何でもないことを何もかも面白がった。一緒にいると私もつられて楽しくなり、何かを新しく試すことをためらわなくなった。自転車に乗って、ピラティスに通い、自家製のパンを焼いた。海外ドラマを観て、本を読んでくれるポッドキャストを聴いた。おかあさんは目がしょぼしょぼして文字が読みにくかったからちょうどよかったと、私よりも一生懸命にポッドキャストを利用した。そのうちどうやって見つけたのか、おはなしの読み聞かせポッドキャストを一つずつ聞きながら喜んだ。

「すいとん食べて帰って」と言うと、チヘは意味ありげな笑みを浮かべながら「いっぱい食べるわよ！」と返事した。一度も食に貪欲だったことがない子なのに。いつも空腹感を埋める程度しか食べなかったのに。チヘは今にも折れそうな手首を曲げて頬杖をついて座り、ガスレンジの前に立っている私の後ろ姿をじっと見つめていた。

私は乱切りしたジャガイモを出汁が沸いている鍋に入れて、ズッキーニは半月の形に、にんじんと玉ねぎは千切りにしておいた。冷蔵庫から取り出したときは冷えて固くなっていた生地が、何度か揉むうちに手の温度であたためられてやわらかくなった。生地を左手に持ち、右手の親指、人差し指、中指で平たく伸ばした。薄くなった生地をちぎって出汁の中に放り入れた。

水蒸気で生地がやわらかく伸びて弾みがついた。生地を半分くらい鍋に入れてから、用意しておいた野菜を投入し、かき混ぜ、ふたたび残りの生地をちぎって入れた。透明感のあった生地が白く膨らんで汁の上に浮かび上がった。

すいとん鍋をテーブルの真ん中に置いて女三人が椅子に腰を下ろしたとき、チへがサプライズのプレゼントでもあるかのように話を切り出した。

「ママ、あたし、妊娠したの！」

うれしくなかった。突然ひったくりにでもあったかのように啞然としてしまった。アイゴー、でかした、よかったね、というおかあさんの声に気を取り直した。私はチへの器にすいとんをなみなみに盛って「いっぱい食べて」という言葉ばかり繰り返した。昼に産婦人科に行って、胎児の心臓の音を聞いたという。見たことのないチへの満足したような顔。何があんなにうれしいんだろう。私のところに駆け込んでくるほど誇らしかったのだろうか。誰がチへにこんな感情、態度を教えたのだろうか。

体の強くない娘が妊娠と出産に耐えられるかが心配なのか、チへたちが共働きをしながら子育てするのが心配なのか、自分がもうおばあちゃんになるという事実が受け入れられないのか、判断がつかなかった。自分のお腹に身ごもり、何十年も育ててきた娘と自分との関係が、宇宙の彼方へと消えていってしまうような気分がした。娘が結婚したときにも感じなかった虚しくて物寂しい気分だった。

予定日までまだ一か月もあるのに、チへは産休を取った。チへの会社は子ども向けの英語教材を売るところで、小規模ながらちゃんと売り上げを伸ばしていた。あの頃は、教材の開発にとどまらず、英語の幼稚園やフランチャイズの英語教室にまで事業を拡げていた。マーケティングチームにいた娘も新事業を担当する部署に異動した。チームリーダーからチーム員まで全員が女性で、そのうち半分が育休から復帰しているから心配いらないとチへは言った。母が高校の先生なのに、娘が私教育の会社でブイブイ言わせ過ぎじゃないかと冗談を言うと、チへは大きな声で笑って「ママだってあたしを塾に行かせたでしょ?」と言い返してきた。

婿が出張で留守だった日、チへはうちに来て私の部屋で一緒に寝た。一人のときに陣痛がくるかもしれないし、病院に向かうタクシーや救急車の中で子どもが生まれてしまうんじゃないかと怖くなると言った。寝ていて自分でも気づかないうちに子どもが出てきてしまったらどうすればいいのかとも言っていた。

「何時間も陣痛が続いてようやく赤ちゃんが出てくるのよ。なのに寝ている人がどうやって赤ちゃんを産むの? ありえないわよ」

「だよね? ありえないよね? そんなはずないよね? でもママとあたしは何時間陣痛に耐えたの?」

ママとあたしって? 寝言だろうと思ったけれど、陣痛はまるまる一日続いたと答えてやった。まるまる一日、二十四時間、寝ずに、という言葉だけが残った。実は、チヘを産んだ日の記憶がほとんどない。人生でいちばん強烈だった経験の一つなのに、とうの昔すぎて具体的な場面がちっとも浮かばない。入院着は着てたっけ？　いつ着替えたっけ？　中に下着はつけてたっけ？　分娩室に移動するときに脱いだっけ？　じっくり時間をかけて当時を振り返ってみても、頭に浮かぶのはスプーンだけだった。

水を飲んではいけないと言われた。陣痛が長引き、のどが渇きすぎて、私は看護師にしがみついて一口だけでいいから水を飲ませてほしいと頼んだ。しばらくしてスプーン、どこにでもあるステンレスのスプーンに入れた水を、誰かが口の中に流してくれた。あとからそのことについて夫に聞くと、自分はやっていないし、誰かがやっているところを見てもいないと言った。ずっとそばで見守っていたから夢でも見たのだろうと。あのとき、私の意識がまともではなかったのは確かだ。でもあの感覚は今でも生々しい。ひんやりとしてつるんとしたスプーンの感触、乾いている下の唇に触れてひっつく感じ、それから舌を湿らせてくるきれいな水の味。夫もおかあさんも覚えていなかったため、そのスプーンがどこから来たものかは最後まで知ることができなかった。

チヘは重い体を動かして私の方に寝返りを打った。目をつぶったまま、大きなマタニティ用のTシャツをまくり上げて、お腹を掻き始めた。ベッドサイドの微かな明かりの下で、大きくて白いお腹だけが浮き上がった。そのお腹がチヘの体ではなく、またもう一つの生命体のように思えた。娘なのに娘ではない、娘の体とつながっているのに独立した特別な身体器官。お腹を掻いているチへの手が、とても異質なものに感じられた。私はチへの手をつかんだ。

「そんなことしたら、傷になるわよ」

眠すぎて目も開けられないまま、チへがぼそぼそと言った。

「かゆすぎるの。お母さん、かゆすぎておかしくなりそう。このせいで早めに産休を取ったのよ」

ドレッサーの引き出しからワセリンを取り出した。冬のあいだに使ってから放置していたため、ふたの周りに黄色く油の垢ができている。硬くなったワセリンを手のひらに取って、両手をこすりながら体温で溶かす。手が滑らかになった頃に、チへのお腹にゆっくりと塗ってあげた。チへのお腹はひやっとして、つるんとして、モニョモニョとゆっくり動いていた。この記憶も私だけのものになるだろう。深い夜、眠っている娘のお腹を触っていると、自分の人生でまたある時期が終わりを告げているような気がした。

＊

オーロラは、主に緯度六〇度から八〇度の極地で見ることができる。アラスカ、グリーンランド、アイスランド、それからノルウェー、スウェーデン、フィンランドといった北ヨーロッパの一部の国々で。ヨーロッパの人たちが好むオーロラの観光地はノルウェーらしいが、韓国でいちばんよく知られている場所は、カナダのイエローナイフだ。空港があって飛行機で行けるし、気象条件もいいほうで、ほかのオーロラの観光地よりは費用も合理的だった。オーロラが観察できる施設に、韓国人の従業員がいるほど韓国人の観光客が多い。

会議も相談も決済もなかった金曜日、早退して旅行会社を訪ねた。友達の娘が働いているところだ。あの子と最後に会ったのは結婚式でだから、五年ぶりだろうか。そのあいだ、二人の子のママに、また商品企画チームのリーダーになっていた。子どもの頃は名前で呼んでいたけれど、今はなんとなく気が引けてキムさんと呼んだ。もともとは相談業務や予約は担当しないらしいが、私の話を親切に聞き、旅行の準備を手伝ってくれた。自分の母でもない私に、おかあさん、おかあさん、と礼儀正しく、ときには子どもをあやしているかのように言った。うちの娘は私にこんなふうにやさしくしてくれるっけ、私は自分の母親に、こんなふうにやさしくしたことあったっけと思わせられる口ぶりだった。パッケージツアーを勧めたのもキムさんだった。

オーロラを観察できる施設の利用料金も含まれているし、昼のあいだは付近を観光できるように車とガイドがつくという。一生の願いだったオーロラを見に行って、決まったスケジュールどおりにガイドについて回るのが味気ないと思ったけれど、今そんなことを気にしている場合ではなかった。私はパッケージツアーでもいいと答えた。

「オーロラさえ見られれば、何でもいいんです。生きているうちにまたの機会があるとは限りませんから。だからどうしても今度の旅行で見たいんです」

オーロラが確実に見られると、誰も保証することはできない。いきなり雪が降ったり、雲が空を覆ったり、ただオーロラが出なかったりする。わかっているのに、何度も何度もお願いした。困惑したキムさんが、三泊予定のパッケージだけれど、一泊を追加してはどうかと提案してきた。イエローナイフに三日間泊まればオーロラが見られる確率が九十五パーセントで、四日間泊まれば九十八パーセントになるという。その三パーセントの確率のために、私は数十万ウォンの追加料金を支払うことにした。

客が多い観光地でもないし、イエローナイフコースとバンクーバーコースのパッケージを組み合わせたり日程を変更したりしたために、すぐには予約が取れなかった。航空会社とホテル、費用が確定してから契約を進めることにした。キムさんは仮のスケジュール表とイエローナイフのガイドブックとシャンプーや歯磨き粉などの入ったトラベルセット、パスポートケース、世界各地の有名観光地の写真でデザインされた旅行会社の卓上カレンダーと手帳をわんさかよこしながら、急にこう切り出した。

「私ってひどい娘ですよね」

それからたちまち両目いっぱいに涙を浮かべた。子どもの頃から母親似だとは思っていたが、頰の肉が落ちて、涙を堪えようと目に力を入れているのを見ると、まぎれもなく母親そっくりだった。友達はキムさんの息子二人の面倒を見るのに忙しくて、集まりに何回も参加できていなかった。よそさまの事だからなんと言えばいいかわからなくて口をつぐんでいた。キムさんは鼻をすすりながら、必死に笑顔を取り戻して言った。

「うちの母にも旅行をプレゼントしなくっちゃ。娘が旅行会社に勤めてるのに」

「一緒にオーロラを見に行けるといいですね。私も、一人よりは友達と一緒のほうが寂しくないんでしょうけど」

「本当ですよ。一度ご同行されるお友達を探してみてはどうですか？　ホテルも観光も二人が基準なので、追加料金が発生すると思いますし。一人だと、韓国人の観光ガイドが付かない可能性もあります」

　実は、寂しさなど問題にならなかった。むしろ一人で身軽に動きたいという気持ちだった。だが、宿泊も観光も二人からだと聞くと、ふとあの素敵な風景と記憶を誰かと分かち合うのも悪くないような気がした。一人で大事にしまっておいた記憶は、ときどき生活のスピードに追い付くことができずに机の下やベッドの下に潜り込んだヘアゴムのように消えていくのだ。きれいだね、不思議だね、夢みたいだね、と一緒に語り合える人。日常に戻ってからもごはんを食べていて、コーヒーを飲んでいて、窓の外を眺めていて、ふと「覚えてる？」と一緒に記憶をたどれる人。私にそんな人がいたっけ。

同僚の先生たちは研究と授業と入試準備で余力がなく、働いていない友達は孫の面倒を見たり、具合の悪い親を介護したり、多忙な夫に代わってあれこれしたりでバタバタしていた。そのようにして一人、二人、候補から消していくと、二人が残った。娘とおかあさん。チへは私に心を閉ざしている上に、育児の問題でピリピリしている。長い休みを取るのも難しいだろう。おかあさんはもうすぐ八十歳だ。海外旅行の経験がなくはないけれど、十時間も飛行機に乗って現地に向かい、マイナス三十度の寒さに耐えられるだろうか。

大きな旅行会社の紙袋をぶら下げて駐車場に入ったところで、チへから電話がかかってきた。ママ、ママ、と二回呼び、それから黙りこくってしまった。私から、何かあったのかと尋ねた。

「ハンミンが熱があって何度も吐いているから病院に連れて行ってほしいと保育園から連絡があったんだけど、シッターさんが迎えに行く途中に階段で転んだって。あたしもまだ帰れないし、ハンミンパパはまた蔚山《ウルサン》に出張に行ってるの」

それから深呼吸の音がした。

「ママ、今日だけ、ハンミンのお迎えに行ってくれない？」

電話向こうのチへの声がわんわんと響いていた。トイレか非常階段の踊り場なんだろう。チへが最後にこう付け加えた。

「次からは二度とママにこんなことを頼んだりしないから、絶対に」

涙がこみ上げて喉が詰まるのをぐっとこらえて返事した。

「わかった。今日だけだからね」

お腹の風邪だった。幸い、薬を飲ませるとすぐに熱が下がり、吐き気も落ち着いたのか夜になるとおかゆ一杯を完食した。ハンミンが新生児のときにサンプルでもらっておいた石鹸を見つけて早めに風呂も済ませた。タオルで髪を乾かしていると、チヘがみかん一箱を手に持って帰ってきた。

「もうみかんが出てるの？」

「ハウスみかんだよ。この前のスーパーに売ってて。最近は果物に旬も何もないから」

「どうしてみかんにしたの？」

「まあ、売ってたから」

チヘの父親にそっくりだ。ママの好物だから、本当に助かったし申し訳ないから買ってきたよ、と素直に、聞く人の気持ちを考えて言ってくれればいいのに。私はみかんの皮を剝いて口に入れながら「私、みかん好きだよ」と言った。

チヘがキムチチゲの残りで遅めの夕飯を済ませてシャワーを浴びるあいだに、ハンミンは私に抱かれたまま眠ってしまった。今日一日しんどくて疲れてしまったらしい。もちもちした白いほっぺが私の腕に押されてつぶれている。すいとんの生地みたい、と思いながら頰をツンツンと突っついてみた。ハンミンは夢を見ているのか、口を何回か動かすだけで、目を開けずにぐっすり寝ていた。チヘがハンミンの心臓の音を初めて聞いた日、私はチヘにすいとんを作ってあげた。

泊まって行くと言うので、私はハンミンを部屋に寝かしてリビングに出てきた。ソファーの端に旅行会社からもらってきた紙袋がそのまま置かれていた。チヘは紙袋の中をのぞき、私をちらっと見てからスケジュール表とイエローナイフのガイドブックを取り出して目を通し始めた。私はテレビを見るふりをしながら、横目でチヘの動きを見張っていた。なぜか胸がドキドキした。私が成績表を確認したり問題集の採点をしたりしていたときに、横で待っていた娘もこんな気持ちだっただろうか。

ゆっくりガイドブックのページをめくっていたチヘが、ママ、と呼んだ。冊子の中のオーロラの写真に釘付けになったまま、私に聞いた。

「オーロラ、見たことある?」

どこから説明すればいいだろうか。私はこの間学校の前で見たオーロラについて、まず説明した。次に二十年も大切にしてきたオーロラの写真について話し、子どもの頃にモノクロの写真で見たオーロラについて最後に話した。この前見たオーロラの話をしたときは、チヘの目が一瞬大きくなって、何か言いたげに唇を動かしていた。

私の話が終わると、チヘはスマホを取り出して何かを検索しはじめた。何日だったっけ、何日だっけ、とつぶやいてから聞いた。

「もしかして九月六日だった？」

「何が？」

「オーロラを見た日のこと」

「どうだろう。日付までは覚えてないなあ」

そう答えてから、写真を撮ったことを思い出して、私もチへのようにスマホで写真を探しはじめた。赤い光がちらっと写っている夜空の写真。データ情報を確認すると、撮影時間は九月六日二十時二十一分とあった。

「どうしてわかったの？」

驚いて聞くと、しばらく考え込んでいたチへが私に聞き返した。

「あれってオーロラだったの？」


チへがいる新規事業の担当部署は、「フランチャイズ事業本部」となった。塾のフランチャイズは順調に十店舗を達成して、今はむしろ成長速度を調整している。これまでは既存のホームスクーリング用の教材を活用してきたが、これからは塾専用の教材も開発する予定だと。復帰してすぐに教材開発だなんだと仕事が多く、シッターのおばさんとぎくしゃくする日が増えて、チへは一人で涙を流す日が多かったという。

九月七日に加盟店の塾長を対象とする研修が予定されていた。なのに、事業を総括する本部長の母親が六日の午前に亡くなり、チへが残りの業務を片付け、さらにレクチャーも一つ請け負うことになった。葬式にも参加できずに六日の夜遅くまで資料をまとめ、レクチャー用の原稿を書いた。夜八時が過ぎた頃、頭にタオルを巻いているハンミンの写真がカカオトークで送られてきた。ハンミンは夕飯を済ませてお風呂にも入ったから、安心して仕事をしてきてもいいという夫からの励ましのメッセージが続いた。

チへは廊下に出て自動販売機からビタミン飲料を買うと、一気に飲み干した。心配などしていなかった。夫からのぬくもりのある写真と言葉に、かえって複雑な気持ちになった。ぼうっとして窓の外を眺めていると、うっすらと赤い光が見えた。太陽の光でも月の光でもなかった。あれって何？　そのとき、赤い光が波打ち始めた。初めて見る光景だった。

動画を撮ろうとポケットに手を入れたが、小銭しかなかった。スマホを机に置いてきたのだ。取りに行こうと事務室のほうに振り向こうとしたとき、赤い光が退くように少しずつ遠ざかっていった。チへはもう一度窓に近づいた。カメラで撮ったところでまともに映りそうにないから、消える前にちゃんと目に収めておこうと思った。あれって何だろう。銀河？　それともUFO？　チへは赤い光を見ながら願い事をした。

チへの話を黙って聞いていて、私は吹き出してしまった。

「願い事？　願い事をしたの？　あれが何だと思ったのよ？」

「うーん、宇宙に、自然に、神秘に、それとも未知の何かの魂に？」

そう答えてからチへも呆れたかのようにくすっと笑った。一種の癖かもしれない、きれいでキラキラしたものを見ると、とりあえず願い事をすると言った。月にも、星にも、誕生日ケーキのろうそくにも、子どもの頃は空を飛んでいる飛行機にも願い事をしたという。そういえば、オーロラにも願い事をするんだっけ？　わからない。韓国ではオーロラが見られないから。

「何をお願いしたの？」

チへは答えなかった。代わりに今日、本部長に退職の意向を伝えてきたと言った。衝動的に下した決断ではあるけれど、すでに疲れ果てていた。それからいきなり、一緒にオーロラを見に行きたいと言った。これからはワンオペ育児をすることになるだろうから、十日くらいはハンミンパパが一人で面倒を見られるだろうと。

「人生の最後の休暇なんだから、それくらい文句言わずにやってもらわなくちゃ。カナダに行ってオーロラに願い事もして、気持ちの整理もして、帰ったらハンミンをちゃんと育てるの」

結局、一緒に旅に行くことはできなかった。チへはわざわざ空港まで見送りに来て、私の大きなキャリーバッグを代わりに引きながら残念そうな顔をしていた。

「ところで、オーロラを見ながらなんの願い事をしようと思ったの？　ママが代わりにしてきてあげるから」

「口で言うのは恥ずかしいから、あとでカカオする」

「何が恥ずかしいの。とにかく送って。忘れてなかったら代わりに願ってあげるから」

チヘは私を一度にらみつけ、キャリーバッグの持ち手を渡してくれた。

ほぼ十時間後、バンクーバーに着いてスマホの電源を入れると、振動がしばらく止まなかった。外交部〔日本の外務省に当たる〕から送られてきた様々な案内、注意事項、通信会社から送られてきた海外ローミングサービスの利用案内、それからチヘから送られたカカオトークのメッセージだった。メッセージ欄の中には、たったの一文だけがあった。チヘのカカオトークのプロフィール写真がハンミンの顔写真だったので、ハンミンから言われたかのようだった。

＊

チヘの父親はチヘが大学生だった十年前の春の夜、交通事故でこの世を去った。

時計が夜八時を回った頃になって家に帰り着いた。悲しみより、疲れのほうが強かった。チヘが先にシャワーを浴びると言ってリビングに接している浴室に入り、おかあさんは、少し休むから先にシャワーを浴びていいと私に言った。寝室についている浴室のほうでシャワーを浴びたが、シャワーから出た水が髪の毛を濡らすと、いい匂いがした。葬儀場の匂いがしみついていたのか、ただの気のせいかは判然としない。突然怖い考えが頭をよぎって、泡が垂れてくるのに目をしっかり開けて頭を洗った。鏡に水をかけて曇りを取ってみると、両目が赤く充血していた。

救急車が到着したときはすでに心停止の状態だったらしいから、あまり長くは苦しまなかったと思う。そう考えると見てもいないシーンが目の前に広がり、うなじが火照ってくるようだった。運転者は免許取り消しになるほどの酒を飲んだ状態だった。横断歩道の上で、歩行者信号は青だった。人生に予告もなく不運が訪れたり、あるいは思いがけず恋に落ちたりすることが、よく交通事故に譬えられる。そんな譬えがどれほど非情なものかを、あのときに思い知らされた。


チへの父親の命日は、おとうさんの命日と一か月ほどしか違わない。もともと祭祀《チェサ》などしていないし、命日の前後にピクニックがてら納骨堂を訪れるのがせいぜいだった。同じところに遺骨を納めてあるので、間のどこかの日に一回だけお参りに行ってくることにした。おかあさんから先に、そうしようと言われた。

「最初だから、今回はチュンチョルの命日に合わせて行こうか」

私はうなずいた。おかあさんが黙ったままなので気にかかり、さみしいのかと尋ねた。

「さみしいことよね」

そんなことない、という返事だとばかり思っていた。戸惑って顔が赤くなった。

「そんなに驚くなら、訊かなけりゃよかったのに」

「私が、ちゃんとやりますから」

なんの考えも計画もなく、突然そんな言葉が口から出た。私はおとうさんであれチへの父親であれ、祭祀のようなものなど行う気はなかったし、現実的にも無理だった。なのに、何をちゃんとやるつもりだったのだろう。おかあさんが首を振った。

「何事もなく普通に幸せに暮らせてて、それが寂しいの。最近あんたとあれこれ作って食べるのも全部おいしいし、生涯学習館でボードゲームをやったりシニア英会話を習うのだってとっても楽しくてね。ヒョギョン、あたしはね、あの人がいなくても生きられるけど、息子を亡くしたら生きていけないって思ってたのよ」

おかあさんは自らの人生について、つまらないほどありふれた平凡なものだと言っていた。息子の誕生を心待ちにする家に生まれた三女。暮らし向きはそれほど苦しくなかったけれど、姉たちと同じように小学校までしか通えず、親戚が営む餅屋で働き、稼いだお金はそのまま両親の懐に入っていった。二十歳になってすぐ、分不相応な、かなり学のある高校の数学の教師と結婚した。嫁入り先での生活はつらかったし夫は数限りなく浮気をしたが、二人の息子が心の支えだった。特に長男、つまり、私の夫を頼りに生きてきた。

息子を産んだのが誇りだった。息子が大学に入ると、学べなかったことへの恨みつらみがすっかり晴れた。息子が結婚相手として数学教師を連れてきたのもうれしかった。嫁には教養のある姑のように振る舞おうとした。昼には家族たちが全員出勤したあとに書斎に入って教科書や指導書などを仕事のつもりで読んだ。答案用紙を広げ、問題集を解いてみたりもした。入試や教育関連のニュースが流れると、注意深く見て、メモして、覚えた。

「あの人に、見せつけてやりたかった。あたしだって賢くて、話の通じる人間なんだって、数学の先生とこんなに楽しくたくさん話してるんだぞって。おかげで、ほんとうにいろんなことを知った。でもね、今思えば、そのこと自体に少しカチンとくるね。あの人に認められたからって、何になるんだろうって」

確かにあの年からすれば珍しい姑である。一度も孫や二人目の話を持ち出さなかった。たった一人の孫娘を心から大切に育ててくれた。祭祀など家庭行事の規模をだんだん縮小していき、おとうさんが亡くなってからはすべてを無くした。だからといって私とおかあさんのあいだでなんの緊張も不満もなかったかというと、そうはいかなかった。ただその原因は主に私の夫、つまりおかあさんの長男だった。

チへの父親の体調が悪かったり、あまりに薄着だったり、食事を抜いたりすると、おかあさんは私に注意した。ヒョギョン、チュンチョルが薄着すぎると思わない？　チュンチョルにビタミン剤を忘れずに飲ませているの？　チュンチョルにお酒はほどほどにって言っといてね。チュンチョルもそろそろ白髪染めしたほうが良さそうだね。はじめのうちは、あの人ももう子どもじゃないですからと笑ってやり過ごしたけれど、あとになってからは真顔で本人に直接おっしゃってくださいと言い返した。いつもは合理的なおかあさんだったのに、息子のことになるとたんに話が通じなくなった。

家事についてもそうだった。たまたまチへの父親が皿洗いをしようとしたり掃除機を持ったり洗濯かごを手に取ったりすると、どうして気づいたのか真っ先に駆けつけてチへの父親の手にあるものを取り上げながら怒鳴りつけた。やり方もわからないくせに！　こっちによこしなさい。あんたはじっとしててくれたほうがむしろ助かるの。チへの父親がきまり悪そうな顔でおかあさんに仕事を譲ると、私が空気を読んでその仕事を引き受けた。


チへの父親がいなくなって、いまやおかあさんと私は長いあいだペアでダンスを踊ってきたパートナー同士のようだ。ごはんのときはおかあさんが料理をして私が皿洗いをする。私が乾物を水でもどしておくと、おかあさんが炒め、おかあさんが朝早く洗濯物を回して干しておくと、私が家に帰って取り込む。テレビに出た食べ物を、私がおいしそうだと独り言のように言うと、決まって次の日の夕食の食卓にのぼる。おかあさんが花がきれいだの紅葉がすてきだのと言うと、私は花や紅葉が楽しめる場所を予約する。

そうやって日常は壊れたり凹んだりするところなく均一にすり減って、今になった。向かい合ってタオルを畳みながら、冬休みに旅行をしてくるつもりだと言った。少し寒い場所だから心配でもあるけれど、これ以上遅くなる前に行ってみようと思う、実は高校の時から行きたいと思っていたところだけど、このままじゃ死ぬまで行けそうにないから行くことにした、これまで行った旅行先の中で一番遠い場所だ、と、あれこれ言い並べた。

「いいね。若いうちに何でもやってみなくちゃ。年を取ると勇気は出ないし、ずっと後悔ばっかりだから」

若いうち？　私ももうすぐ還暦なのに。この頃では、年を取ったから、年で、年のせいか、という言葉が前置きみたいに自然と口から出るようになった。それなのに、おかあさんの目からすれば私もまだ若いらしい。

「おかあさん、何か後悔してることがあるんですか？」

「いっぱいあるわよ」

おかあさんはせわしく動かしていた手を止めた。

「あんたが大学院に通ってた時、チへが赤ちゃんのときのことだけど」

「ええ」

「本当はね、すごく、いやだったの」

「何がですか？　私の帰りが遅いから？」

「あんたが、チュンチョルより高い学歴になることが」

初耳だった。あの頃の私は、焦っていた。昇進も早くしたかったし、財団が運営している大学で講義もしてみたかった。そのためには学位がどうしても必要だった。無理を承知で、チへを産んですぐに夜間の大学院に進学した。おかあさんは立派だ、チへのことは気にせず勉強にだけ集中していいと言っていた。口ではそう言っていた。けれど、家事に関してはよけいチェックが厳しくなったし、私たち三人だけで外出するのにも敏感に反応した。チヘを見る時間が長くなって、体も心も疲れているのだろうと思った。おかあさんに今まで以上にちゃんとしたらいいんだろう、と思った。

　昼間は自分で授業をして、夕方には講義を受け、休みにはチヘを背負ってへとへとになるまで家事をした。三食のごはんを作り、皿洗いをして、窓枠、物置き部屋、浴室のタイルの隙間まで掃除した。おかあさんは、おそらく家族の誰もが、私が無理していることを承知していた。だが、誰一人止めなかった。助けようともしなかった。甘受すべきだと思っているらしかった。可笑しいことに、自分でさえそう思っていた。

「自慢はたくさんしたけどね。すぐ前の店に豆腐買いにいくのにも必ずチヘをおぶってって、今、うちの嫁が大学院に行ってるもんだから、って。出来のいい嫁が自慢だったっていうよりは、あたしが、今風の姑だっていうのを自慢したかったの。それでいて、自分の息子が嫁にかなわないっていうのは、それはそれで嫌で」

　あまりにも率直な話を何でもないことのように話すので、私は驚くことも慌てることもできなかった。呆然と機械のように手だけを動かしてパリッと乾いているタオルを縦半分に折り、くるくる巻いた。でも、なんで急にこんな話になったんだっけ。そうだ、後悔していることの話だ。おかあさんは後悔することがあると言った。

「それで、おかあさんが後悔していることって何ですか？」

「今言ったじゃない」

「私が大学院に通うのを許したことですか？」

「そうじゃなくて、あんたが大学院に通うのを嫌がってばっかりいたこと」

くるくると巻いておいたタオルが一つ、タオルの山から転がり落ちてほどけてしまった。おかあさんが腕を伸ばしてタオルを取り、もう一度くるくると巻いた。

「この頃あたしは、あんたがやってることをなんでも真似してるでしょ？　ポッドキャストで本の読み聞かせも聞いてるし、運動もしてるし、文化センターに行って講座も受けてるし。なのになんで、あのときはそうしなかったんだろう」

　チヘを産んだとき、私は二十七歳だった。今思うと、とても若かったなあと思う。おかあさんは、私と二十違うから、四十七でおばあちゃんになったのだ。今になって、おかあさんがどれほど若かったかに改めて驚く。

「だから、最近はすてきよう。あたしの人生最高の時ね、今が」

　私も同じだった。傍から見れば、この家は時代劇などに出てくる列女〔朝鮮時代の儒教体制の中で、貞操をかたく守った女性のこと〕二人の家に見えるかもしれない。未亡人の姑と未亡人の嫁からなる家族だなんて。だが、私はおかあさんに親孝行を尽くす気などまるでない。同居人、ハウスメイト、事実上の人生の最後のパートナーでしかないのだ。これ以上、知らない誰かと生活習慣や態度や好みや性格などを擦り合わせ、理解し合い、譲り合う余力などなくなった今、私に残された家族がおかあさんでよかったと心から思っている。

チへの父親と二人だったらどうだったんだろうと、ときどき考えることがある。今みたいに楽な暮らしができただろうか。暮らすことに特別なエネルギーを使わず、家事で身も心も疲れさせず、承認や理解を求めようとせず、水が流れていくみたいに年を取ることができたのだろうか。

「私もです。信じてもらえるかどうかわからないけど、おかあさんと二人になったこの頃が一番楽なんです」

「チュンチョルがいないからよ。もうあたしはチュンチョルの母親じゃないし、あんたもチュンチョルの妻じゃないから」

そのとき、キムさんからスケジュールがだいたい確定したから、旅行に行く二人のパスポートコピーを送ってほしいというメールが届いた。チへに電話をすると、チへはもじもじしながら、ママ、それがね、と言った。不吉な予感。

「ごめん。あたし、行けなくなっちゃった」

一人でも同じスケジュールで予約できるだろうか。悩んだあげく、何日か前のチへのように、やや即興的におかあさんに尋ねた。

「おかあさん、私と一緒に旅行に行きませんか?」

「とってもいい考えだわね、ヒョギョン」

いつ行くのか、どこに行くのか、どうして急に誘うのかと聞こうともせずに、すかさずいいねと言ってくれるおかあさんが大好きで、私は大声で叫びそうになった。

「おかあさん、私っておかあさんが大好きなんですよ、知ってました？」

「そのようだね」

私はまたもやうれしくなって、上の奥歯が見えるほど大きく笑った。

＊

オーロラの灯台は青色だった。C、A、L、Mと四つのアルファベットがきっぱりしすぎていて冷たく思えた。実のところ、できることは何もない。頑張って平気そうにしていたけれど、すでに二日を棒に振ったあとだったし、不安で焦る気持ちを隠すことができなかった。おかあさんはときどきオーロラの予報がどうなっているのかと聞いてきたけれど、期待やら失望やら表に出すことはなかった。

迎えの時間が近づくと、おかあさんはまたポットでお湯を沸かした。朝、目を覚ましてすぐ、出かける前と帰ったあと、眠りにつく前、おかあさんはお湯を沸かした。イエローナイフにいるあいだ、韓国から持ってきた双和茶《サンファ》〔漢方の材料にクルミ、アーモンド、ナツメを入れて作った韓国の伝統茶。風邪の予防と気力の回復にいいとされる〕と柚子茶をひたすら飲んだ。凍えるほど寒いときでも、温かいお茶を飲めばお腹の奥から熱が伝わってきて全身が温まる。マイナス三十度まで気温が下がり、風も止まないところ。これまでの人生で一度も味わったことのない異国の寒さを、私たちなりのやり方で堪えていた。

おかあさんは肌着とセーターを何重にも着込み、靴下を何枚も履いて、足裏から肩までびっしりカイロを貼ったあと、ダウンのジャンパーとレンタルしたカナダグースのダウンジャケットも羽織った。それから鏡の前で帽子をとっかえひっかえかぶってみて、今日はどれがいいかと尋ねてきた。おかあさんは帽子が好きで、冬になると毎日自分で編んだ違うニット帽を被った。今回の旅行には、ニット帽だけ十枚も持ってきている。昨日と同じ服、同じネックウォーマー、同じ靴だから、今日だけ他の帽子が特別似合うはずもないのに、私は草色の帽子が似合うと言った。

「今日はなんとなくオーロラも現れそうな気がするし、草色でどうですか」

「やっぱり。センスがあるわね」

私もおかあさんに負けないほどの枚数を着込んだ。着替えが終わってからは、二人とも動きが鈍くなるほど体が重かったが、気分は重くならなかった。結婚してから、いつも二人分、またたは三人分の生活を整えなければいけないという負担と疲れを感じていた。チヘが小さかったときが一番ひどかった。自分の体だけ世話していればいい今の日常が、どれだけ楽なものか。

シャトルバスに乗って三十分ほど進むと、オーロラを観測しやすいオーロラビレッジがあった。寒さを避けるために用意された大型のティピーテントが二十一張り、お土産ショップとレストランが一軒ずつあって、昨日はそのレストランで夕飯を済ませた。味は普通で、価格は高いバッファローのリブステーキを食べた。まあまあぼったくられた気もしたけれど、一生で一度のことだからと思うとそんなに悪い気もしなかった。みんなもこんな気持ちでぼったくられているんだろう。

宿泊中のホテルにはシャトルが来ないので、近くのホテルまで五分ほど歩いた。街は一面が雪に覆われていて、どこが車道でどこが歩道なのか見分けがつかなかった。歩いている途中にお土産ショップが見えて、窓から店内をのぞいていたとき、大きくて黄色い雪玉がさっと転がっていくのが横目に見えた。何？　辺りをきょろきょろ見回すと、おかあさんが道の向こう側に指を向けた。キツネだった。子どもの頃に田舎の家で飼っていた、黄色くてしっぽの毛がふさふさしたキツネ。

ショップから若い女性二人が出てきた。おかあさんはとつぜん二人のうちの一人の腕をトントンと叩き、道路の向こう側を指しながら言った。

「フォックス」

「What a brave fox！」

幸いにも、女性たちはおかあさんの知ったかぶりを楽しそうに受け止めてくれた。すると、おかあさんが話を続けた。

「アーユー・イエローナイフ?」

イエローナイフがお住まいかと聞きたいようだった。おかあさんは昨日も、一昨日も、同じティピーにいる外国人に「Hi」「コンバンハ」と英語や日本語で自分から挨拶をしていた。アイアム・フロム・コリア、ベリー・コールドというような短い会話を交わすこともあった。だけど、それはここに来てずっと一緒にいる人たちに対してだった。おかあさんがこうして初めて見る外国人にもいきなり話しかけられるとは思ってもいなかった。女性は少し怪訝そうな顔をすると、一言一言はっきり、そしてゆっくり答えた。

「No, I'm from New York」

「ベリー・コールド・イエローナイフ。アーユー・オーケー?」

「I'm not okay. New York is very cold in winter, but not this much」

そう言って大げさに身を震わせながら尋ねた。

「Did you come to see Aurora ?」

「イエス、アイ・ウォント・オーロラ。でも、お嬢さんたち、若いからか、ちょっと薄着すぎること。ケアフル・ナット・コールド。モア・クローズ」

おかあさんが肩の上にアウターを羽織る仕草をしながら話すと、女性たちはやさしい笑みを浮かべた。

「You're so sweet. Thank you」

「あたしのほうがサンキューだよ。じゃあ、気をつけて帰ってくださいね。グッバイ！」

「I hope you can see Aurora. Goodbye !」

女性たちは手を振りながら離れて行った。明らかに私のほうがおかあさんより英語を習っているし、今の女性たちの話ももっと聞き取れたはずだ。それなのに私は、口が開かなかった。おかあさんはなんであれほどためらいがないのだろう。

キツネは通りを渡り、とあるパブの入口の照明の下に居場所を見つけて座ると、ずっとこちらを眺めていた。周囲は暗く、距離もあってキツネの顔はよく見えなかったが、私は確かにキツネと見つめあっていると感じた。街のど真ん中で出会ったキツネと、見ず知らずの人々。夢を見ているようだった。

ホテルには昨日も同じバスだった中国人と日本人がすでに到着しており、私たちは目で軽く挨拶を交わした。まもなくして、初めて見る四人の女性がホテルに入ってきた。私たちと同じグースを着ているので、オーロラビレッジに行く観光客だろうと思う。彼らが何も言っていないのに、韓国人だとわかった。韓国人特有の雰囲気というものがある、そんなことを私もここに来て思い知った。

昼間はパックツアーの日程に組み込まれた博物館と国会議事堂の観光をして、後は軽い散歩だけをした。犬そり体験やチューブ滑りのようなアクティビティプログラムもあったが、参加する気にはなれなかった。私一人だったら行ってみたかもしれない。だが、おかあさんには到底無理だろうと思った。オーロラを見るのも大事だけど、若くない二人の女性がお互いを気遣い、無事に旅行を終わらせることも大事だった。よく休んで、たっぷり食べて、窓越しに見慣れない風景を見るだけでもじゅうぶん満足できたし、それだけで疲れたので、私はバスに乗ってすぐに眠ってしまった。

ビレッジに着くと、一緒のホテルでバスに乗った韓国人たちが「Welcome to AURORA VILLAGE」の立て札のほうへ駆け寄った。立て札の前で写真を撮る四人のポーズがみんな同じなのを見てひとりで笑った。こんな、ただの道しるべの前で記念写真を撮ることは格好悪いことだと思ってきた。今改めて見ると、立て札を照らしているほのかな明かりも、古ぼけた立て札と木の柱に張り付いていた雪も飾り気がなくて美しかった。おかあさんと私も立て札の前に代わる代わる立った。二人で頭を寄せ合って撮った写真を確認していると、ガイドが来てティピーの番号を教えてくれた。

敷地の前には大きな湖が広がっており、後ろには動物にちなんだ名前の五つの低い丘がある。昨日割り当てられていたティピーは、湖のすぐ前だった。私たちは湖の上を歩きながらも湖だと気が付かなかった。夜だったうえに、湖がかちんこちんに凍り、その上に雪が足首の高さまで積もっていて、道と見分けが付かなかったのだ。ガイドは、夏になると湖に映ったティピーとオーロラが鏡に映っているみたいに鮮やかで美しいと説明した。

今日のティピーはバッファロー丘の前だった。ティピーに向かって歩くたびに、「アイゴー、アイゴー」という声が出た。通り過ぎざまに韓国人ガイドから「大変でしょう?」と声をかけられて、ようやく私たちがそんな掛け声を言っていることに気づいた。するとおもしろくなって、私たちはわざと大げさな声で「アイゴー、膝痛い、腰痛い」と言ってふざけあった。三度目の夜ともなり、暗すぎて何も見えない、足を踏み外したり道に迷ったりしそうで怖い、と思っていたビレッジの風景が、少しずつ目に入り始めた。

黒い空に光をぎゅっと固めておいたような真っ白な星がぎっしり詰まっていた。夜空を埋め尽くしている星の全体が一枚の絵のように見えたが、と同時にそれぞれが鮮やかに際立っていた。夥しいけれど唯一で、同じだけど全然違う。頭を下げると真っ白な雪原が一面に広がっている。粉状のラメをまぶしておいたみたいに、一面がかすかに煌めいた。足裏に感覚を集中させながら歩いた。幾重にも重なって凍っているオーロラビレッジの雪は、踏んでもギュ、ギュと音が鳴らなかった。空に浮かんでいる気がした。

ティピーの出入口のマジックテープをはがして中に入ると、さっき記念撮影をしていた韓国人たちがいた。おかあさんを見るなり、席から立ち上がって駆け寄った。私が寝ているあいだに、バスで会話をしたという。ティピーにある暖房は薪ストーブだけだったので、出入口の付近は息が白くなるほど寒かった。私たちはストーブに一番近いテーブルに腰を下ろした。

四人は高校の同級生で、そのうち一人がこの春に結婚するという。それでなくてもみんな会社勤めを始めた後で、子どもの頃のようにしょっちゅうは会えなかったが、これから結婚し、妊娠し、育児となるとますます会えなくなるだろうと思い、その前に一緒に旅行にやって来たのだと言った。思わず「いい考えですね」と言い返した。私がオーロラ旅行を何十年も後回しにしたのもまさにそんな理由だったからだ。

「ところで、お二人は本当に大学院の同期なんですか？　どうしておかあさんって呼んでるんですか？」

ん？　目を丸くしておかあさんのほうを見ると、おかあさんは表情一つ変えずに答えた。

「中途半端、だったんでしょうね。おばあちゃんって言うには、私がちょっと若かったですし、お姉さんって呼ぶには年をとりすぎてたんです。かといって、名前呼ぶのもアレでしょ。私の同期も、みんな私を、おかあさんって呼んでましたから」

私はただ笑って、そうだと答えた。質問した女性が隣の友達に「ほらね」と言った。おかあさんのとんでもない嘘をめぐって、本当か嘘かと仲間内で盛り上がっていたそうだ。

「この子が、どう見ても母と娘みたいだって」

「お二人、すごく似てますもんね」

「でも、娘だったら母親のことをおかあさんって言わなくない？　ふつうはママでしょ」

「嫁姑って可能性もあるよね。お嫁さんって、おかあさんとか、おかあさまとかいうじゃん？」

すると、今度結婚するという友達が口を挟んだ。

「あり得ないって！　嫁姑が二人っきりで旅行できるはずがない。その二人は、決してそうできない関係なの。あんたたちはまだ結婚してないからわかんないのよ」

みんなで笑い出した。おかあさんは手を打ちながら誰よりも大きく笑った。

私たちは用意されたココアを飲みながら、スマホでオーロラの予報サイトをチェックした。アクティビティレベルが上がってきた。これなら、と期待するほどに、かえって心が苦しくなった。私は頭を反らして上を向き、紙コップの底に沈んでいるココアの粉を舌で舐めとった。四人は何度もティピーの中と外を行き来した。

ストーブが近すぎたのか息が詰まって、私もティピーの外に出てみた。吐き出す息がそのまま凍り、鋭い粉になって飛び散りそうだった。ゆっくり歩きながら辺りを見渡した。三角形のティピーはほのかな黄色を放っていて、角に設置されたストーブの煙筒からは煙がゆらゆらと流れ出た。絵のようだ、という言葉がしっくりくる風景だった。小さなテントごとに、それぞれかけ離れた世界の大小さまざまな物語が潜んでいるのだろう。昨日シャトルバスで会った日本人カップルは、新婚旅行でイエローナイフを訪れたという。日本ではオーロラを見た夜に宿した子は天才になると信じられてきたそうだ。

オーロラだけじゃなくて、こんなにきれいなところだったんだ。オーロラばかり待ち焦がれていたときは、気づいていなかった。

腕を伸ばして体の前で、後ろで、手を叩きながら丘を登った。この辺りはすごく暗いし静かだから急に野生動物が出てくることもある、物音を立てながら歩いてほしい、とガイドは言った。

「動物のためにも人のためにもそのほうが安全なので」

私がここにいると、近づいていると、避けたければ避けてと教えること。お互いの安全を守るためのこと。

バッファロー丘は、地盤が高くて四方に視野が開けた。丘のふもとへと針葉樹林が果てしなく広がっている。聞けとばかりにあちこちに顔を向けながら口笛を吹いた。先住民はオーロラを呼び出すために口笛を吹くという。私は口笛が吹けない。唇をすぼめて舌に力を入れ、いくら風を吐いても音が鳴らない。その代わりに、速く息を吸うと口笛のような音がした。短くてメロディーもないので、口笛というよりは笛の音みたいだったが、とにかく一生懸命に息を吸い込んだ。

枝に積もっていた雪が落ちたのか、鳥が飛んだのか、バサッと音がした。びくびくしながら首を回したが、何も見えなかった。そのうちどこかで私の口笛のような、メロディーもなく短い、風が隙間から漏れているだけの口笛が帰ってきた。本当の風の音のようでもあった。ティピーに戻ろうとゆっくり丘を下りてくると、後ろからまた口笛が鳴った。あのとき、どうしてそうしたんだろうか。私は音がする方向ではなく、空を見上げた。

光。曇っているけれど、まぎれもない光だった。白い星が散りばめられている黒い空に、青色と黄色の不規則に混ざり合った一筋の光が煙のように舞い散った。そのうち、いくつもの筋に枝分かれして、広がり、うねり始めた。秋にソウルで見た、まさにあの光。しかし、遥かに大きくて鮮やかでダイナミックな光。誰かが光の旗を持ち上げているようでも、ゆっくりと宇宙の窓を開けているようでもあった。生きている何か。意図や計画をもって動いている知性的な魂。瞬きもできずにその光を見上げていると、とつぜん息が詰まった。自分がすすり泣いていることに、ようやく気づいた。凍える暇もなく、両目から涙が流れつづけた。

足の力が抜けた。雪の上に座り込んだまま空を見上げながら、私はおんおんと声を出して泣いた。大人になってから、人前でこんなに泣いたことがあったっけ。声を出して泣いたことがあったっけ。悔しさや寂しさ、苦しみや後悔に満ちた涙ではなく、透き通って澄んでいる涙。体と心の中にあった古ぼけたものがすべて抜け出していった。この瞬間のために生きてきたんだ。今、ここで、こうやって、生きているんだ。

辺りがざわつき始めた。オーロラが見えやすい場所を探して、たくさんの人が丘のほうへと登り始めていた。

「すごい！　オーロラだよ！　踊ってるみたい！」

さまざまな言語の感嘆と歓呼と叫び声が行き交う中で、韓国語がはっきりと聞こえた。音がする方へと歩いていくと、おかあさんが韓国人の女性たちとまるで一団でもあるように集合写真を撮っていた。早く、四人で立ってみて。あたしが撮ってあげるから。いーや、手はかじかんだりしてないですよ。オーロラから熱でも出てるみたい、ちっとも寒くないの……。

駆け寄って、私もおかあさんと写真を撮った。それからオーロラでいっぱいの空をカメラに収めようとしたが、何枚か撮っているうちにバッテリーが放電してしまった。温めれば残量が戻るらしいが、私はカメラをそっとカバンに仕舞った。目で見よう。目で存分に楽しんで行こう。

そうこうするうちに、オーロラはすっかり空を征服した。ゆっくりうねっていると思ったら、軽やかに踊り出し、ピアノを弾くように波打って、青緑色に明るい紫色が混ざって一層華やかになった。あちこちから喜びや驚きの声が聞こえてきた。ずっと上を向いていたせいで首が疲れ、おかあさんと私は、雪で覆われた丘の上にゴロンと横になってしまった。私たちと同じく、横になっている人がたくさんいた。

私は腕を伸ばしておかあさんの手を取った。手袋の上にレンタルした防寒手袋までして、実は手を握ったというよりは、おかあさんのぶ厚い手袋の上に私のぶ厚い手袋をのせたくらいの出来事だった。それでも重みが感じられたのか、おかあさんは顔を私の方に向けた。顔のほとんどがネックウォーマーで覆われていて、目だけがちらっと見えたけれど、半分凍り付いた眉毛が笑っている。

空と私、オーロラと私が、どれくらい離れているか見当がつかなかった。果てしなく遠そうに見えるけれど、手を伸ばせばつかめそうだった。じっと横になって大きく波打つオーロラを見ていると、心の中にも何かが押し寄せてきてまた涙があふれだしてきた。涙が目尻を伝って帽子の中に流れ込み、後頭部がじめじめと湿ってきた。胸を小刻みに震わせながらむせび泣くと、おかあさんが握り合っていた手をひっくり返して、手のひらをとんとんと叩いてくれた。喉の奥に垂れてきた鼻水と涙を飲み込み、私は大声で言った。

「一緒に願い事をしましょう!」

「そうする? じゃあそっちから言ってみて」

その瞬間、オーロラが大きくうねり、目の前まで覆い隠すかのようにはためいた。その光景に圧倒されて、言葉が詰まった。また涙がこみ上げてきて、泣き叫ぶように言った。

「ハンミンの世話をしたくありません! 絶対イヤです! 休みでも面倒はみない! ハンミンが一年生になったときもです」

本当にみっともない。孫の面倒を見たくないとおんおんと泣き叫ぶ祖母だなんて。しかし、本音だった。自分もオーロラに感動して泣いているのか、ハンミンの世話をするのが嫌すぎて泣いているのかわからなかった。おかあさんは雪原で左に右に転がりながらしばらく笑っていた。

「さあ、今度はあたしの願い事!」

そうして姿勢を正し、コホン、コホンと喉の調子を整えて、はきはきと言った。

「長ーく、生きさせてください！　人工呼吸器でもなんでも、ぜーんぶぶら下げてください。見栄えが良く死んだってなんの意味もない。きれいじゃなくても、長ーく、生きてやるんだから。このいい世の中で、ずっとずっと息してやるんだから！」

今度は私がゴロゴロ転がりながら笑った。おかあさんらしい願い事だった。還暦が近い嫁と傘寿に近い姑、そうこうするうちになんとなく一緒に暮らすようになった女性二人のなんだか恥ずかしい願い事が、オーロラのうねりに吸い込まれ、渦巻いていた。

つい昼まで、オーロラ予報はかんばしくなかった。私たちはたった数日の旅のために地球の反対側から飛んできて、少し曇っただけでも節々が痛む体にカイロを貼りながら酷寒に耐えた。オーロラを見るまでは絶対に帰れなかった。実は、追加費用をたくさん払うことになっても飛行機を変更し、宿泊を延長しようかと本気で悩んでいた。悩みながら服をしっかり着込み、暖かい食べ物でお腹を満たしてカメラを手に持った。そして、ついに夜空を埋め尽くしたオーロラ嵐の下に横たわっている。

人にはどうにもできない領域が確かにある。そんなときにできることは、待つこと、備えること、すっかり絶望してしまわないこと、かすかな運がめぐってきたときに受け入れ、感謝し、そのすべてが自分の努力の結果であるかのように装わないこと。涙が止まった。

おかあさんはついに体調を崩してしまった。オーロラを見た日の夜明けに、三十九度から四十度の間を上がったり下がったりする高熱と悪寒、筋肉痛でうんうん唸りながら苦しんだ。持ってきた風邪薬と解熱剤を飲んでぐっすり寝たら熱は下がったものの、完全な回復には至らなかった。おかあさんは布団を体に巻き付けてベッドに座り、もう頭も痛くないし、喉も痛くないし、鼻水も出ないけれど、腕と足が痛いと言った。

「ホテル一階のレストランでちょっと辛いスープを飲んだじゃない？　あれを一杯飲んだら治りそうなんだけど」

ルームサービスにはないメニューだったが、ホテルに事情を説明すると、スープと追加で注文したミートボールパスタを部屋まで持ってきてくれた。おかあさんは布団をかぶったままテーブルの椅子に腰をかけた。ずるずる音を立ててスープを飲み終えてから、ふたたび布団を引きずってベッドに入っていった。チへも体調が悪いとき、やたらと甘えてきた。私は布団で丸いかたまりがもぞもぞしているのを眺めながらパスタを食べた。

「一人で、行ってこれるよね？」

「はい？」

「あたしは今日、休もうと思って。昨日、オーロラが見られて本当によかったよ。一人で、行ってこられるよね」

「おひとりで、大丈夫ですか？」

「大変なときは電話するから」

「わかりました、そうしてください」おかあさんは風邪薬を双和茶《サンファ》で飲み込むと、また布団をかぶって横になった。

最後の夜のオーロラも華やかだった。知っていながらも驚き、感動したが、涙は流さなかった。ホテルに戻り、お湯でシャワーを浴びてベッドに横になると、おかあさんが「帰ったの?」と声をかけてきた。無事に帰ってきた、今日もオーロラがきれいだった、と言おうとしたが、急に喉が詰まって適当に話を切り上げてしまった。

「よかったね。あたしはもう腕も足も痛くないよ。熱もないし、咳も出ない。すっかり元気。バンクーバーに行って、しっかり残りも観光できそう」

私も「よかったですね」と返事をした。オーロラの夢を見た。オーロラを見る夢だったのか、追いかける夢だったのか、オーロラに吸い込まれたり乗り込んだりする夢だったのか、実は何も覚えていない。朝になって目を覚ましたとたん、削除ボタンを押したみたいにすべてが丸ごと記憶から消え去り、オーロラの夢を見たという確信だけがはっきりと残った。妙な気分だった。

好きな詩の中で、人中《じんちゅう》についての一節を読んだことがある。天使たちがお腹の中の赤ん坊に世の知恵を洗いざらい教えたあと、すべて忘れて生まれなさいと赤ん坊の唇の上にシッと指をのせるが、そのときに人中ができるのだという話だった。人中を指でそっとたどってみた。間違いなく別の世界へと行ってきたのに、まるで覚えていない。しかし、私の中にその世界の光が宿っていることを、私は知っている。

＊

暖かい日が続いた。ちっとも冬らしくない。だが、ときどきとつぜん気温がぐっと下がる日には、おかあさんが編んでくれたニット帽をかぶった。イエローナイフでの遥かなる日々が、すでに数年前のことのようでもあり、夢のようでもあった。

イエローナイフに行ってきたら人生が変わると思った。旅行前に参考のためと思って観たドキュメンタリーには、オーロラ旅行のあと退社して天体写真作家になったり、まったく違う分野の勉強を始めたりする人が出ていた。一歩だけ踏み外せば広い道がたくさん枝分かれしているのに、日常の中にいるとそれが見えない。その一歩のきっかけが、彼らにとってはオーロラだった。私もそうだろうと思った。長いあいだ心に抱いてきたことだから。

何事も起こらなかった。入試業務を片付け、進路指導研修を受け、ピラティスをしながら残りの休みを過ごした。休みはいつだって短すぎるし、新学期のことを思うと、恐ろしいのかわくわくするのか、しょっちゅう心臓がドキドキした。

メープルシロップとホッキョクグマの形をしたイエローナイフのナンバープレート、そり犬と紅葉柄のマグネットとキーリング、オーロラの写真のポストカード、イヌクシュク（カナダの先住民族であるイヌイットが、石や岩を使って人間のような形に積み重ねた石造。道しるべなどの標識として使われたと言われている）の置物、ハンドクリームなどをチへの前に並べておいた。チへは人差し指であれこれいじり、メープルシロップとハンドクリームを一つずつ取った。

「もっと持って行っていいよ。多めに買ってきたんだから」

するとチへが首を横に振った。

「要らない。ゴミになるだけだし」

「そういう言い方はないでしょ？　ゴミだなんて」

実はあまりひどいとは思っていなかった。自分のお腹の中から出てきた子が、私とはなんでこんなに違うんだろうと思いながらも、お腹の中にいたのはわずか数か月だけど、世の中に出てきてからは数十年生きてきたわけだから、とやり過ごした。自分とまるっきり違う誰かを、しきりに自分と同じように考えてしまう。うっかり気を抜くと、親はすぐ子どもに対して傲慢になる。

「どうだった？　おばあちゃん」

チへが尋ねると、おかあさんは宙に目をやって考え込んだ。ゆっくりと目を閉じ、そのままはきはきと言った。

「こうして目を閉じるとね、目の前で踊り出すんだ。あたしを包み込んで、宇宙に飛び立ってくれる。宇宙ってこんなに広くて果てしないんだあ、あたしなんか埃のようなもんだわ、何でもないんだなあって、思うんだよ」

「おばあちゃん、まさか、人生は虚無とか、そういう悟りをひらいてきたんじゃないよね？」

「ずぶとく生きなきゃって、わかったの。自分くらいは、この埃みたいな自分でも大切に惜しんで、パーッと吹き飛ばされないように、しっかりしがみついて生きようってね」

チヘは黙ってうなずいた。仕事は順調かと尋ねると、今度もただうなずいた。新しいシッターさんとはうまくやっているかと尋ねると、首を横に振った。

チヘが旅行に行っているあいだは、婿が残りの有給をすべて使い、ハンミンを見る計画だった。そんなふうに話が片付きそうだった。楽しんできてと、ハンミンのことは心配しなくていいと、保育園はまたゆっくり探そうと言ったあとに、婿が聞いたという。

「でも、なんで急にオーロラなの？」

「願い事をしようと思って」

「どんな？」

チヘはこの先もずっと無事に会社に通えますようにという願い事、と答えようとしたが、口から言葉が出なかった。考えれば考えるほど、あまりに不可解な言葉だった。会社をやめておいて、会社に通えますようにと願い事？　なんで？　カナダにまで行って願い事をするんじゃなくて、普通にここでずっと会社に通ってればいいことなんじゃないの？　チヘは返事をする代わりに婿に聞いたという。

「もしかしてだけど、秋にオーロラを見なかった？」

「オーロラ？　なんの？　僕たち、ずっとここにいたのに、このソウルに」

「そう、このソウルで。九月六日の夜、私が夜勤した日に。院長向けの研修があった前の日に。覚えてる？　その日、会社の窓越しにあたしははっきりと見たの」

「そうか……僕はその日、ハンミンにごはん食べさせたり風呂入れたりしてて、窓の外を見る暇はなかった気がする」

婿はチヘを変な目では見なかったし、面白い話だと笑い飛ばすこともしなかった。真剣に話を聞き、記憶をたどりながらまじめに答えた。チヘは仕事を早く切り上げて家に帰り、ハンミンを見ていた毎日を、疲れ果てて呆然と窓の外を眺めていた時間を思い出した。子どもを見ていて窓の外を見る暇もなかった人と、子どもを見ながら呆然と窓の外ばかり見ていた人のうち、より育児に向いているのはどっちなんだろう。チヘはようやく自分の本心に気づいた。

「やっぱりあたし、ハンミンの世話だけするのは無理かも」

婿はそうだろうと思ったといわんばかりに、落ち着いた返事をした。

「僕もそう思う」

チヘは会社に通い続けることにした。社長の決済まで済んだ退職願は、本部長が慌てて駆けつけて取り消してくれた。

婿はありったけの有給をかき集めて取った休みのあいだに、近くの保育園へ見学に行ったり小児科で乳幼児検診を受けに行ったりシッターの面接をして新しいシッターさんを雇ったりした。シッターさんとのやりとりは全面的に婿に任されていて、最初のうちはやりづらそうに何かというと母親と話したがっていたシッターさんも、今では婿になじんだのだそうだ。前のシッターさんの何かが気に食わないと、婿は決まってチへのせいにしていた。今はチへが新しいシッターさんのことで気に入らないことがあると、婿に責任を負わせるかのように問い詰めているという。

「やめようと思うけど、ざま見ろって思う気持ちもあるんだよね」

バンクーバー空港でチへからのメッセージを読んだとき、私は本当は泣きたかった。十歳になった頃に、チへは大きくなっても会社員にはなりたくないと言っていた。あまりにもつまらないと。別の名前で呼ばれている、もっと素敵な職業につくつもりだと言った。デザイナー、操縦士、歌手、医師、プロゲーマーのようなさまざまな職種を、一貫性もなく夢見ていた。私はデザイナーの中にもアパレル会社の会社員がいて、操縦士の中にも航空会社の会社員がいて、医師の中にも病院で雇われている人が多いとは言わなかった。ただひたすら応援した。幼いチへの単純な考えも、非現実的に思える夢も、ひたすらかわいかったのだ。

まじめで地道に自らの仕事をこなしていくこと。その何気ない日常が人生を持ちこたえさせてくれることを知っている。それがどれほど尊くて価値があるかも、誰かにとっては戦って勝ち取らなければならない困難なものであるということも。とにかく、チヘは最初の難関を乗り越えた。チヘの願いを忘れずに祈ってあげたママのおかげ、と私は言い張っている。

オーロラを見てきたのは、おかあさんと私なのに、変わったのはチヘの人生だった。変わりそうになった人生が変わらない方向へと変わり、それはひょっとしたら今回の旅の最大の成果かもしれない。自分にできること、したくないこと、それらのことが自分とチヘにもたらすだろう変化について考える。私とおかあさんに残された時間について考える。

おかあさんは食事の量を減らし、運動と睡眠の時間を増やした。毎日四十分ずつ昼寝もする。私は空を見上げる時間が増えた。秋の夜、ソウルでチヘと私が見たのは、本当にオーロラだったのだろうか。イエローナイフでオーロラに託した願いは、宇宙のどの辺まで進んでいるだろうか。どんな光、どんな身振りで、私たちのもとへと戻ってくるのだろうか。

女の子は大きくなって

右の口角からのびた、二センチほどの傷。定規を当てて横に引いたみたいな真っ直ぐの赤い線を中心に、赤い点が上下、交互にポツポツとついている。針が出たり入ったりした痕なのだろう。重たげなカフェのドアがギギギーッと音を立てた瞬間、だしぬけにその場面が浮かんできた。同時に口元がヒリヒリし始め、右のこめかみの奥から頭痛がわき上がった。口を手で塞いだ。

あの時、わたしは中学二年生。ちょうど今のジュハの年だ。おばさんが家からいなくなると、父さんが傷のことを訊いた。施錠した鍵を再度一つひとつ確認しながら、母さんが何でもないことのように言った。

「あと一度でも口答えをしたら、その口を切り裂いてやるって言われたんだって。それで、もう一度言い返したら……」

「おかしいだろ。ハサミで切ったみたいにスパッと切れてたじゃないか。あんなになるまで、おとなしくやられてたってことか」

「傷が見事なのがそれほど不思議？　それが、そんなにとんでもないことなの？　夫が、妻のあばら骨にヒビを入れて、顔じゅう痣になるくらい殴るだけでは足りずに、口まで切るほうがおかしくない？　そっちは、とんでもなくないの？」

その瞬間、冷たくてヒリヒリした痛みが、スパッとわたしの口元に走った。あれが、最初だった。

ヒョンソン姉さんは、ジュハのことで耳に入れたいことがあると、わたしを呼び出した。

「あんただから言うのよ。ウンビって子ね、はあーっ、ホントどうしようもないんだから。あんた、そんな子がジュハと友達だって知ってた？　知らなかったでしょ。まあ、あんたも忙しいのはわかるけどね」

わたしは、ヒョンソンのママにはヒョンソン姉さん、セホのママにはセホ姉さん、ソヌのママにはソヌ姉さんと呼びかけている。育児であれ教育であれ、わたしより詳しいわけでも上手なわけでもない彼女たちは、いつもわたしを未熟な母親扱いした。同じようにお腹を痛めて産み、同じように十五年育ててきたのに、他に何が足りないっていうんですか？　姉さんたちよりはるかに若いわたしのほうが、情報収集力も行動力も上じゃないですか？　表向き、そうは言えなかった。ですよねー、お姉さん。ありがとうございます、お姉さん。適当に受け流してつきあい、助けられるままになっていた。

ジュハから学暴委〔一二二頁参照〕の話は聞いていた。中学生がもうセクハラなんて、とやや驚いたが、加害者の一人がヒョンソンだったという話は、さしたる感慨も持たずに聞き流していた。勉強ができて、スポーツも得意で、性格も活発なヒョンソンは、小学校の頃から男の子の間で人気があった。小さい頃はジュハともよく遊んだ。大きくなるにつれ自然に距離ができたらしいと思っていたら、いつのまにかジュハは、ヒョンソンの話が出ると口を尖らせ、首を横に振るようになった。どうしてそんなに嫌いになったのかと訊くと、ジュハは短く言った。

「サメ脳だから」

思春期の娘の言葉や行動を、一つひとつ指摘して矯正しようとしたらキリがない。喧嘩になるのが嫌で、友達にそんな言葉遣いはやめなさい、と言うだけにしておいた。夫は、そういう言い方もするなと言う。そうだったんだー対話法。子どもの要求をすべて聞き入れる必要はないが、感情はすべて認めてやらなければならないと言う。

「そうだったんだー。ヒョンソンはサメ脳なんだー。わたしにそう言えってこと?」

夫はソファーにドサッと身を預け、ガハハと息が苦しくなりそうなくらい笑った。何がそんなに面白いんだろう。夫がリラックスして見ているお笑い番組がまったく笑えず、いったいどこが面白いのかと尋ねたことがある。その時夫は、普通に、全部面白い、と言った。全部? どれも全部? わたしが相変わらず納得できない顔をしていたからか、夫が付け加えた。

「僕らは、ユーモアセンスが違うらしいね」

そんな些細でつまらない違和感を持つのは初めてではなかった。本当にユーモアセンスだけが違うのだろうか。一つの家で、一つの布団をかけて十年以上暮らしていても、ひょっとしたらわたしたちは全く別の世界を生きてきたのかもしれない。

ジュハにはそれ以上学暴委のことを訊かなかった。友達について、学校生活について、勉強について、わたしと一緒でないどんな時間についても、ある時からうまく聞き出せなくなっていた。今はとりあえず苛ついてみせるジュハだけれど、そのうち自分から先に口を開くはず、心も開いてくれるはず。そう信じて待っている最中だった。だから知らなかった。

わざわざ裾上げをしているのでもなかった。女の子たちの制服のスカートは、目のやり場に困るくらい、とっくに短くてタイトだったから。その日、ウンビはあえて制服姿で、ことさあろうに男子のロッカーの上に平然と飛び乗った。スカートがさらにめくれ上がった。そうやって座って、二本の足を前に伸ばしては戻し、伸ばしては戻しを繰り返した。ふくらはぎから足までがブランコみたいにゆらゆら揺れた。ちらちらと太ももがのぞいた。ちょうどそこへ、ヒョンソンともう一人の男子が教科書を取りにロッカーへと近づいた。

昼休みで、教室の中は病院やカスタマーセンターの待合室のように穏やかにざわつき、みんなそれぞれの用に忙しかった。その時突然、ウンビが声を張り上げた。

「ちょっと、この変態！　あんた、今何してんだよ？」

ヒョンソンがウンビの足の方に携帯を構え、カシャッ、と撮影する音がしたのだ。周りの女の子たちまで一緒になって悲鳴を上げ、口撃した。ヒョンソンと男子は意地の悪い笑い顔になった。何騒いでんだよ？　オレら、ただ自撮りしてただけだって。嘘つけ。覚えてろ。しばらく原始的な悪口が飛び交ったあとで、ヒョンソンが自分の携帯を差し出した。

「ほら、オマエの画像があるかないか、確認すれば」

ウンビは落ち着いた態度で腕を組むと、あざ笑うように言った。

「確認？　あんた、今確認って言った？　確認は自分の携帯でするから、心配すんな」

すべての場面が、ウンビの携帯で撮影されていたのだ。動画を撮ったのが、窓際最後列の席に後ろ向きに座っていたジュハだった。

純真な男子たちは、動揺して何も言い返せなかった。ウンビはいたずらをした男子二人を校内の相談センターに訴え、来週学暴委が開かれる予定だ。不思議なことに、ウンビより成績がいい男子二人のほうが、この出来事で両親と一緒に教師に呼び出されて大目玉を食らい、まともに勉強ができずにいる。おまけに、書面謝罪の処分でも下って学生簿〔日本の内申書のようなもの〕に記載されたら、特目高〔「特殊目的高校」の略。科学分野や語学などでの専門的な教育を目的とする高校〕への進学は不可能と思わざるをえない。

自分たちも一緒になって悪口を言い喧嘩をしていたのに、女の子たちは口裏を合わせてシラを切っている。恐ろしい女の子たちはズル賢くすべてを免れ、考えなしの男子だけが処分を受けることになった。ここまでが、ヒョンソン姉さんに聞かされた事件の顛末だった。

「あんた、どう思う?」

何を、どう思うっていうんです? だから、姉さんが何を言いたくてこんな時間にわたしを呼び出したのかと思うと、恐いです。正直には言えないから、ただ空しい笑いを浮かべた。ヒョンソン姉さんは、ヒョンソンだけでなくジュハも被害者だと言った。成績のいい男子をつぶそうとするウンビに、ジュハも利用されたんだから。ジュハに、証人として学暴委に出席し、真実を語ってほしいという。

「真実、ですか?」

ウンビが意図的に状況を作り、その上でジュハに隠し撮りさせたという、真実。

「つまり、うちのジュハがわざと、こっそり、動画を撮ったってことですか?」

「あの子たち、自分たちだけで遊びで撮ってるみたいな演技までしてたらしいのよ。足が長く見えるように撮ってー、いいスマホだねー、わざわざそんなこと言ったりして。画面だけ見たら、本当に偶然撮影されたみたいなんだってば。だから、ありのままを話してくれる人が必要なの」

画面を見たら本当に偶然撮影されたみたいと言いながら、何を根拠にわざと撮ったと言うんだろう? そして、なぜうちのジュハがウンビに利用されたと思うんだろう? 利用されたって、本当なの?

「わたし、これが初耳なので。今は何とも答えようがなくて。とりあえず、ジュハとちょっと話をして……」

ヒョンソン姉さんは、何か言いたげにぐっと息を吸い込んだものの、そのまま吐き出してしまった。

「そうね。あたしから聞くのが初めてなら、すぐには答えにくいよね。ジュハとじっくり話してみて。こっちから明日、また電話入れるから」

こわばった表情のヒョンソン姉さんを先に見送って、わざわざコーヒーを飲みきってから、ゆっくりと席を立った。怖くて落ち着かない気分でカフェのドアを押し開けようとした瞬間、久しぶりにあの痛みに襲われた。

＊

母さんは、ちょうどいい具合に茹で上がったグリーンピースを莢《さや》ごと板の間の隅に出し、ぱらぱら広げながら冷ましていた。夏となると、我が家は茹でたグリーンピースを食べていた。ごはんやお餅に入れるのではなく茹でてザルにあけておいたもので、すると家族は通りすがりにおやつ代わりに剝いて食べた。

「市場に、もうグリーンピースが出てたの。色も鮮やかだし香りもいいから、一袋買ってきたわ」

莢から中身を出して口に放り込んだ。口の中にじんわりと温かさが広がるぐらい適度な熱をまとったグリーンピースには、砂糖とはまったく別の、充満した生気あふれる甘みがあった。黙々と豆を口に入れ続けるわたしを見て、母さんが満足そうな笑顔になった。

「何笑ってるの？」

「親って、そもそも自分の子が口に何か入れてるのを見ただけで幸せなのよ」

「わたし、結婚しようと思うんだけど」

言葉にする前と同じ姿勢、同じ表情、同じ手つきでグリーンピースを剝き、中身を口に放り込んだ。莢からしみ出た水気が手のひらの皺に沿って少しずつ集まり、流れ、手首を過ぎ、袖をまくり上げた前腕へツーッと垂れた。その時、母さんが私の手をペチッと叩いた。手にしていたすべすべのグリーンピースの一粒が弾け飛び、トン、コロコロコロと澄んだ小さな音を立てながら、板の間の上を転がっていった。

「あんた、正気？」

まるでテレビドラマの一場面のように、向かい合って座るわたしと母さんの姿が、記憶の中にある。

「誰とよ？　合コンしたっていう、あの八歳上の男？　十回は会ったの？」

「七回会った」

夫に一目惚れしたのかといえば、そんなことはなかった。彼はとりたてて印象に残るタイプではなかったし、いわゆる好条件でもなかった。あの頃わたしは、自分の人生に少し疲れていた。母さんを誇りに思う気持ちとどこか寂しい気持ちが次第にふくらんで、愛憎のギャップに耐えるのがしんどかった。それまでとはまったく違うやり方で考え、行動しながら生活してみたかったし、なんとなく家や家族と離れたくもあった。母さんを傷つけたかった気もする。

「やめときなさい。あんた、たったの二十四なんだよ。これからいろいろなことができるのに、それを全部諦めるつもり？」

「なんで諦めることになるの？　結婚するからって、どうして諦めるのよ？　わたしは、したいことを全部して生きるんだから」

「そんなふうに思い通りになると思う？　結婚して、子どもを産んで、育てて、そうしながら、女がしたいことを全部して生きられると思う？」

「母さんがそういうこと言ったらマズいでしょ」

「まだそう言わざるをえないから、母さんみたいな人がいるの」

　母さんは三十年ほど前、保守的なことこの上ない地方の小都市に、ＤＶ《ドメスティック・バイオレンス》の相談所を作った人だ。共同代表と共に私財を投じて三坪あまりの事務所を手に入れ、「ＤＶ相談所」という看板を掲げた日、いまどきどこに女房を殴る夫がいる、地域の面目を丸つぶれにする気かと言うおじさん、人様の家のことになぜ首を突っ込むと言うおじさんたちの抗議の訪問が後を絶たなかったという。驚いたことに、彼らは大体が素面で、悪態をついたり家財道具を壊したりという手荒な真似もほとんどしなかった。自分の考えを正しいと信じて疑わず、無知な女たちが大きな過ちを犯している、諭してやろうとの高尚な思いから出向いてきたのだった。その年は、夫に殴られて腸が破裂し、胎児を死産した女性が、その夫を殺害する事件が起きていた。

以来、ときどき知らないおばさんが家にやって来るようになった。緊張しきった表情で警戒と怒りの空気を漂わせているおばさんもいれば、きちんとして上品でおっとりした口ぶりのおばさんもいたし、母さんの古い友達みたいにずっと楽しげにおしゃべりしているおばさんもいた。おばさんたちが来ると父さんは一階の祖母の家で寝起きをし、わたしと下のきょうだいはなぜだか怖くなって、互いをきつく抱きしめながら眠りについた。きょうだいの頭のてっぺんの、酸っぱいような香ばしいような汗のにおいが忘れられない。

母さんが知らないおじさんたちに殴られて帰ってきた日もあった。そんな時にいくら助けを求めても駆けつけなかった警察が、「妻が監禁された」という夫の訴えがあったからと事務所やシェルター、我が家まで、一度にひっくり返していったことがある。母さんの仕事をよく思っていない人は多かった。騒ぎ立てていると嫌がる人が半分くらい、あんなことをして何が変わると懐疑的な人が半分くらい。はっきりやめろとは言わなかったものの、祖母もぽつぽつ棘のある言い方をした。

「だから、それは仕事かなんかなの？　お金になるのかい？」

「ソウルの本部から、活動費を少しもらえます」

「月給でもない、利益でもない、活動費って何だろうね？　あたしゃ学がないからサッパリわからないよ」

　母さんは、そんな言葉は心底何でもないと言った。しかしおばさんたちが結局夫のもとに戻ると、数日間ふさぎこんだ。我が家に一週間身を隠していたおばさんが帰宅した後、父さんがふと、これじゃ何しに相談所に来たかわからないなと一言いい、それに母さんが爆発したこともあった。

「ジョンエさんが帰りたくて帰ったと思う？　お金はない、できる仕事もない、帰れる実家もない、子どもは二人とも家に置いてきてる。なのに、どうしろっていうの？　ジョンエさんを悪く言わないで。世の中にジョンエさんを悪く言える人なんて、一人もいないんだから！」

　所長から幹事、顧問、そしてまた所長と、全人生を相談所に捧げているかのようだった母さんは、一時期、そのすべてを手放した。ジュハの面倒を見るためだ。わたしは結婚してすぐにジュハを身ごもり、母さんの言っていた通りまだ若く、すべきことがたくさんあった。生まれたての赤ん坊を抱えて地団太を踏む娘に、母さんはどうしても見て見ぬふりができなかった。ちょうど休むつもりだったという母さんの言葉を、わたしは無理やり信じこんだ。

＊

歩くこともできないくらい、ひどい頭痛だった。コンビニに入って鎮痛剤とミネラルウォーターを買い、その場で二錠飲んだ。薬は思ったほど早くは効かず、とりあえず商店街の入口の礎石に腰を下ろした。夫に迎えに来てと電話を入れるかしばらく迷ったが、夫が来たからといって頭痛が収まるわけでもないし、わたしをおんぶできるわけでもないんだからと思いとどまった。空気はさして澄んでいなかったが夜風はそこそこ爽やかで、気持ちが洗われるようだった。そんなふうに二十分ほど座っていた。

予想よりかなり遅くに帰宅したのに、ジュハの部屋からはまだオンライン講義の音がしていた。中学校に入学早々、学校に行きたくない、自主退学すると大騒ぎをしていたジュハは、二年生になってから、こちらが心配になるくらい成績に執着するようになった。ちゃんとできるんだから、勝ってやる、踏みつけてやる、ナメられないぞ、としょっちゅう言って暮らしている。自分から勉強してくれるのはありがたいが、なぜだかいい気はしなかった。

食パンを一枚トーストしてジュハの部屋に運んだ。ジュハはチラッと一度振り返ると、動画を止めて言った。

「言いたいことがあるなら言って」

直接聞くべきだ。知らんふり、何もなかったふりでやり過ごすわけにはいかない。なのに、ヒョンソン姉さんが言っていたたくさんのエピソードが頭の中でこんがらがってしまった。何度か唇を濡らし、うーんと、えーっと、と繰り返したあと、にまっと笑った。また、笑ってしまった。戸惑っていても、決まりが悪くても、気恥ずかしくても、いや、不快だったり、居心地が悪かったりの状況でも、笑いがついて出る。わたしは、もとはあまり笑わない子だった。台紙に貼り付けるタイプの古いアルバムに貼られた写真の中の幼いわたしは、いつも唇を尖らせている。写真を撮る時だけでいいから笑いなさいと言われても、笑顔を作らなかったらしい。大学時代、友人からは「真顔」と呼ばれていた。他の人がみんな冗談と受け流す言葉の定義を、しょっちゅう問いただした。そうだったはずのわたしが、どうしてこんなにへらへら笑う人間になったのだろう。

深呼吸を一度して、最大限わたしの意図や価値判断が含まれない質問をした。

「ヒョンソンの学暴委の話、ちょっと聞かせてくれる？」

ジュハはずっと無表情だ。わたしに似ている。

「うちのクラスの男の子が、女の子にセクハラをした。その男の子のうちの一人が、ヒョンソンだよ」

ジュハはトーストを一口かじった。サクッ、軽快な音がした。

「それで全部？」

「全部」

「男の子がどうしてセクハラして、どんな意図があって、それがなんで学暴委に上がることになったのか、そのへんのこともあるでしょ」

「どうして？　あたしだって聞きたいよ。一度や二度じゃない、どうしてしょっちゅうそういうことをするのか。今、うちのクラスの雰囲気最悪だし」

ジュハはもう一口トーストをかじった。この間に湿ったトーストは何の音も立てず、ジュハの前歯の形にくりぬかれた。

「ママ、夜、ヒョンソンのおばちゃんと会ってきたんだ？」

チョキン。また、あの痛み。あわてて、塞ぐみたいに口を手で覆った。頭痛の気配を感じた。

わたしの苦痛がまったく感知できないジュハは、平然と言葉を続けた。

「おばちゃんがなんて言ったか、聞かなくてもわかる。たぶん、おばちゃんの話は全部間違ってる。おばちゃんも、わかってるはずなんだけどな。わかってるのにそう信じたいのか、ヒョンソンしか見えなくなってて、本当にそう信じてるのか」

ズキン。頭痛が始まった。短い間に二度も。こんなことはめったにないのに。これ以上、話し合ったり考えたりは不可能だった。今度にしよう、あんまり夜更かししないんだよ。やっとの思いでそれだけ言うとジュハの部屋を出た。シャワーを浴びることもできずに倒れこみ、眠った。

出勤して席に着くなり、ヒョンソン姉さんから電話が入った。

——ねえ、昨日ジュハと話してみた？

「あっ、それが、昨日ちょっとジュハの具合が悪くて、ちゃんと話せなかったんですよね」

――これって、のんびりしてられる話じゃないのよ。時間がないんだから。今日は必ず話してね。わかった?

「ええ、お姉さん、わたしから改めて電話入れます」

学暴委は来週の火曜だって言ってたっけ。昨日は一睡もできなかったのだろうと思うと気の毒だったが、とはいえジュハの具合が悪かったと言っているのに、どうしたの? 今は平気? の一言もなかったと気づき、また少しやりきれなくなった。人は子どもを産み育ててこそ大人になると言われる。わたしもそうだと思っていたが、最近は違う。世間を知り、人づきあいを重ねた平凡な大人たちは、意外と大義のために自分の損や苦痛を引き受けたりする。常識的で理性的な判断ができ、ある程度の正義感、憐み、犠牲精神もある。ところが子どものこととなると、そうではない。

被害者の学生を追い回して合意を取り付けようとする性暴力加害者の学生の親、自分の子の通う学校の隣に特別支援学校が建設されるのを反対する保護者、論文の共著者に未成年の子女の名前を並べる大学教授〔大学受験を有利にするため、我が子を論文の共著者に加える大学教員の行為が明らかになり、二〇一八年には政府が調査に乗り出した〕、我が子の縁故採用を頼む高級官僚……そんなニュースを目にするたび、親になるってどういうことだろうと思う。ダメになっちゃいけない、自分の子どもばかりにのめりこんじゃいけない、ダメにならなくても、ちゃんと子育てはできる。ずっと、そう自分に言い聞かせている。

気分が落ち込んで体からも力が抜けた。コーヒーを減らしている最中だが、濃いアイスアメリカーノの一杯があまりにも恋しくて、財布と携帯を手にこっそりオフィスを抜け出した。始業十分前。急いで一階のコーヒー専門店でコーヒーだけ買って戻ればいい。急ぎ足でエレベーターに向かっている途中に、夫から電話が入った。

――まいったよ、僕、今地方の工場に向かってるところでさ。家に戻るの、明日の明け方ぐらいになりそうなんだけど。

「わたし、今日ワークショップだって言ったでしょ」

――うちで事故が起きたんだ。今、一人重傷らしい。検索してみてよ、リアルタイムでずっとニュースをやってるから。

「わかった。とりあえず切るから」

コーヒーじゃなくて酒が必要な状況だった。例年一泊二日で出かけていたワークショップを、わたしが強硬に主張して半日の日程に短縮していた。午後遅くに映画を一本みんなで見て、サムギョプサルを食べて別れる。わたしが映画も選び、前売り券も買い、サムギョプサルの店にも予約を入れた。夫が早く帰ってジュハの夕食を用意することにもなっていた。

ジュハは一人で十分塾にも行けるし、夕食も食べられる年齢だ。それでも、あまり遅くまで子どもを一人にしておくのは心配だった。世間は信用できないし、実は我が子のほうがもっと信じられない。結局母さんに電話をかけ、今日の夕方だけ、ちょっとジュハと一緒にいてもらえるかと訊いた。

――今日、学校の日なのよ。

あ、そうだ。木曜日。母さんの夜間大学院の授業がある日だ。

――どうかした?

「はあー。ううん。自分でなんとかする」

無意識のうちに、長い溜息が先に出ていた。どうして、よりによって今日は木曜日なんだろう。映画を見てサムギョプサルの店まで案内したら、会計とまとめはユンジンさんに頼んで先に出なければと思った。この前のお正月に、ユンジンさんの当直をかわってやっていた。

今日も出勤時間ギリギリに到着したユンジンさんは、小鼻ににじんだ玉の汗をティッシュでグッ、グッと押さえつけていた。子どもを保育園のシャトルバスに乗せてから来るので、いつもこんなふうに綱渡りだという。まだ息が上がっているユンジンさんを見たら、到底言い出せなくなった。ためらっていると、母さんからカカオトークが入った。

――今日休講。私がジュハを見るから。ゆっくりしといで。

入力画面に「本当に休講?」と打ち、でも送信ボタンが押せなかった。突然休講になるはずがない。今度も無理やり母さんを信じ込み、図々しい返事を打って送信した。

――ありがとう。

母さんの大学院合格の知らせはジュハから聞いた。ジュハの中学入学を控えた二月のことだ。

「そんなはずないでしょ。おばあちゃん、還暦を過ぎてるんだよ？」

「還暦過ぎてると、大学院は行けないの？」

「えっ？　いや、そういうわけじゃないけど」

母さんは六十三でカウンセリング心理学の修士課程に通い始めた。相談所の後輩たちの役に立ちたいと言った。わたしは即座に、学位を取って資格証をもらって相談に乗ってあげられるのがいつだと思ってるの、と言い返した。深く考えずに口にした言葉だったが、言った後で、マズい、と思った。

「必ずしも学位があって資格証がないと聞けないわけでもないからね。今だって、ずいぶん相談を聞いてるし。私もそうだった、わかるよ、がんばって、そんな言葉ばかり言ってるわけにもいかないでしょ。ちゃんと勉強すれば、少しは役に立てるだろうし」

自分の母親ながら、母さんは本当にかっこいい人だな、と思った。そのかっこいい母さんから、どうしてわたしみたいな娘が生まれたんだろうと、また思った。ただ、思っただけ。そうやって、思っただけ、ができるようになるまでに、かなりの時間がかかった。小さい頃は母さんのしていることが正確にはわかっていなかったし、多少大きくなると、常に忙しくて疲れている母さんが不満で、やがて母さんが誇らしくなった。それからはずっと、母さんと比べて自分を情けなく感じていた。

母さんの本棚には、ＤＶ、性暴力関連の冊子がぎっしり並んでいた。退屈になるたび、母さんの相談所が発行した事例集を世界文学全集でも手に取るみたいにして読んだものだ。少女マンガ雑誌の『ウインク』や『イシュー』を眺めながら、同時にフェミニストジャーナルの『if』を読む十代だった。DV防止アニメやドキュメンタリー映画の上映会に一緒にでかけ、青少年性教育キャンプ〔青少年の性教育に携わる専門機関が行っている合宿。ジェンダー平等意識を高め、性について語り合うワークショップなどを実施する〕にも参加した。

大学に入学したら関連の学会やサークルに加入しようと思っていたのに、なかった。母さんが相談所を始めたのは十年も前のことなのに？　あまりに唖然として信じられず、他に方法もなかったから、さして考えもせずに自分で立ち上げた。読書会から始めた。今はなきポータルサイトの「フリーチャル」〔韓国初のオンラインコミュニティとされる〕にコミュニティを開設し、お知らせ、日程、資料室、自由掲示板、アルバム程度のコンテンツを用意し、サイトのアドレスと自分の携帯番号が書かれたチラシを建物に貼って回った。会に参加したいという連絡は意外と多く、インターネットコミュニティへの加入申請はもっと多かった。誹謗中傷やからかい、脅迫のメッセージも少なからず届いた。母さんを見て育っていたし、覚悟の上で始めていたからそれほど萎縮はしなかったが、彼らが自分の電話番号を隠そうともしないことには、やや衝撃を受けた。

何度か会を開くと、日程の組み方や進行の仕方、メンバーも固まってきた。レギュラーメンバーは六人で、うち四人が一年生だった。わたしたちは急速に親しくなった。四人で楽しくつるんでいたから、大学生活は居心地悪くもなかったし、つらくもなかった。

そうこうするうちに、学期末のパーティだったか謝恩会だったか、とにかく久しぶりに学科の集まりに出た日のことだ。あまり気乗りはしなかったが、同じ学年の子が一緒に行こうとずっとうるさいのでついていった。学科での活動はほとんどしていなかったから、顔見知りも少ないし楽しくもなく、同じ学年の子の隣でビールばかり飲んでいた。その時、対角線上の席にいた名前も顔も覚えのない、おそらくは先輩が、わたしの名前を一音一音大きな声で叫んで言った。

「おっ？　これは誰かと思えば。フェミニストも酒を飲むのか？」

発音がすっかり怪しかった。酔った先輩の前には、半分ほど残った焼酎の瓶一本とビール瓶が五、六本転がっていた。隣にいた先輩も口を挟んだ。

「あ〜、この馬鹿者めが。フェミニストがどんだけ酒好きか。タバコだってクソ吸うんだよ。お前もタバコ、クソ吸うんだろ？」

おじけづいたり不安になったりはしなかった。むしろ情けないと思ったほうだ。だが不快感は消えず、わたしは酒の席から早々に退散した。コンビニに寄り、エッセ〔韓国のタバコ。「エッセ」はイタリア語で「彼女たち」を意味し、若年女性を主なターゲットに一九九六年に発売された〕一箱と使い捨てライターを買った。ゆっくり歩きながら、さらにゆっくり煙を吸い込んだ。人生、最初で最後のタバコ。どんな味と香りだったか、体に広がった感覚がどうだったか、思い出せない。故障した街灯が一つ、焦げるような音とともに点滅していた様子だけが、頭の中に鮮明に残っている。

それからもずっと似たような大学生活だった。卒業の年に公務員試験に合格し、結婚した。

そして翌年の夏、ジュハを産んだ。ジュハが小学一年の時に一年の育児休暇を取った以外、バタバタと仕事ばかりしていた。こんなに業務量が多いとは思ってもいなかった。残業して帰ればジュハはとっくに寝入っていることが多かったし、イベントか何かがあって週末も出勤になると、ジュハに会いたくてトイレでこっそり泣いた。そして、旅行に行ったり留学したりしている未婚の友人たちを羨ましく思った。結婚していなかったなら、ジュハを産んでいなかったなら、わたしの人生はどうだったろうと想像した。

母さんは、苦しむわたしに「少し休んだら」とか「新しい仕事を始めたら」とか言ったが、わたしのことを完全には理解できていなかった。ジュハの面倒を全部見て、家事もすっかりしてあげてるじゃない、一年も育児休暇がもらえる職場がそうあると思う？　だから、誰が結婚しろって言ったのよ……。

「私がどれだけ怖い思いをしながら仕事をしてたかっていうとね、相談所の後片付けをして家に帰る道の、あの薬局の建物の裏のくねくねした通りがあったでしょ？　あそこを通り過ぎるたびに、ここで刃物で刺されて、こっそり消されることもあるだろうって思ってたんだから。こういう話をすると、あんたはおもしろくない？　私、老害っぽいかしらね」

「うん、わたしはめちゃくちゃ嫌な気分になるし、母さんは老害っぽい。だからそういうこと言わないで」

母さんがどれほどつらく、熾烈に生きてきたか、わかっている。だからといって、わたしが感じる苦痛や理不尽が消えるわけではなかった。

＊

狭いスーパーシングルのベッドに、ジュハと母さんがぴったりくっついて寝ていた。ショートパンツ姿のジュハの長く白い足が、わたしの着古しのジャージをはいた母さんの足の上にのっている。帰りが遅くなった日、いつも出くわした風景。もちろん変わったこともある。マンガのキャラクターがいっぱいに描かれた敷布団がベッドになっていたし、ピーナッツみたいに小さかったジュハが、いまや自分の祖母よりも大きくなった。目を覚ました母さんが、慎重にジュハの足をどかし、体を起こしてベッドからはい出た。

「ジュハに、友達のお母さんから電話が来てたみたいだけど？」

あっ、ヒョンソン姉さん！　バッグから携帯を取り出してみると、電話も二回ほど入っていたし、連絡をくれというメッセージも残っていた。だからって、子どもに直接電話するなんて。呆れて力が抜け、ぷっ、と笑いが漏れた。

「あの母親は、恥ずかしくないんだろうか？　男の子が、ずいぶん思いきりカメラを突き出してたのに」

ずいぶん思いきり、カメラを突き出してた、だ？

「母さん、動画、見たの？」

「ジュハが撮ったやつ？　あんた見てないの？」

学暴委について訊いた時、ジュハは、男の子たちがセクハラをした、としか言わなかった。おふざけであれ悪意であれ、ヒョンソンがウンビの足に向かってカメラを伸ばして撮影ボタンを押したことも、意図的に誘導して撮ったのであれ偶然に撮れたのであれ、その場面をジュハが撮影していたことも、ヒョンソン姉さんから聞いた話だった。ジュハが、わたしには最低限の事実関係以外言わなかったジュハが、自分の祖母にはあらいざらい話していた。動画も見せていた。わたしはジュハが動画を持っていることも知らなかった。突然酔いが回り、顔が火照った。

ジュハはさっきの姿勢のまま、横向きに寝ている。リビングから漏れる薄い光が顎のあたりから射しこみ、両頬がいつもよりぷっくりしている気がした。鼻穴もとりわけ丸く見えた。あの、かわいらしくて丸い鼻。ジュハは、二十歳になったらすぐに鼻の手術からするつもりだと言った。今のままでも十分かわいいという言葉では、一度もジュハを説得できなかった。そんなふうに化粧をしなくてもかわいい、髪を結んでもかわいい、ピアスをしなくてもかわいい、鼻の手術をしなくてもかわいい。いくら言ってもジュハは唇を赤く塗り、腰まで届く髪を真夏にも下ろしてゆらゆらさせ、とうとう耳に三か所、穴を開けた。

「ママはしょっちゅう、こうしてもかわいい、ああしてもかわいい、でしょ。だから、とにかくかわいくいなきゃって思うんじゃん。かわいくなくてもいい、とは言えないの？」

だって、わたしの目にはジュハがとってもかわいいんだもん。鼻の手術だって、結局はするんでしょ。わたしに似た、そしてわたしとはあまりに違うジュハを見守る気持ちは、苦々しくわびしかった。ベッドの枕元にジュハの携帯があったが、触れることはできなかった。もじもじしつつジュハの顔と携帯を順番に眺めていると、ジュハの目がゆっくりと開いた。

「ママ、おかえり」

ジュハはよろよろと立ち上がって部屋を出た。かすかな足音も立てず、そろそろとトイレへ向かう。カチッ。トイレの照明ボタンを押す音。カタッ。静かにトイレのドアが閉まる音。チョロロ、便器を伝って流れ、落ちていく小便の筋の音、すぐに騒々しく便器の水が流れる音がして、パチャパチャパチャパチャと洗面台で手を洗う音。わたしはジュハの部屋の前にぼんやり立って、それらの音に集中していた。

トイレから出てキッチンの方へ向かうと、ジュハは冷蔵庫からミネラルウォーターを取り出した。ペットボトルに口があたらないよう、ボトルを高く持ちあげて口の中に水を注ぐ。ゴクッゴクッ、水を飲む音が耳についた。眠気が覚めたのか、テーブルの椅子に座りながらわたしに訊いてきた。

「お酒、いっぱい飲んだ?」

「ヒョンソンのおばちゃんから、電話があったんだって?」

返事はなく、わたしはジュハの向かい側の椅子を引いて腰を下ろした。母さんはわたしたちを一度見てからリビングのソファーに横になり、体をちぢこませた。

「ママにも、ヒョンソンのおばちゃんから電話があった。学暴委の時、あんたに来てもらって、ありのままを話してほしいんだって。ヒョンソンが科学高校〔韓国の特殊目的高校の一つで、科学教育に特化した高校。入学試験では内申書での評価が大きく影響する〕の受験準備をしてること、知ってるでしょ？」

「あたし、そういうのに関わるの、やだ」

「ジュハが動画を撮影したんでしょ。もう関わってるんだよ」

「だから？　それって、ヒョンソンが科学高校に行けるように、あたしに嘘をつけってこと？」

「違う。ママには正直に話してってこと。そしたら、ママがジュハを守れるから」

「正直に言ったじゃない。ヒョンソンがわざとウンビのスカートの下に携帯を突き出して、セクハラをしたんだって」

「男の子たちがわざと、つまり、性的な意味でそうしたっていうことでいいの？　ただふざけてたんじゃなく？　男の子って、もともと考えなしなのよ。何もよくわかってないくせに、ムダにいい恰好しようとすることもあるし」

ジュハは答えなかった。言葉を交わすのも嫌という表情で椅子を引いて立ち上がった。わたしは急いでジュハの手首をつかんだ。そのすべての状況が、ジュハが動画を撮ったことも含め、すべてが計画的だったんじゃないかと尋ねたかったが、到底その言葉は出てこなかった。

「ウンビね、前にも、勉強が一番できる男の子に、自分からつきあおうって言って、その子の成績がすっかり落ちたからって切っちゃったことが……」

つかえながら別の話を切り出すと、すぐにジュハがわたしの言葉をさえぎった。

「あいつらは常習犯なの。何かっていうと女子の足とか胸の方にカメラを突き出して、自撮りモードでチャカチャカ音させて、ゲラゲラ笑うんだよ。女子が驚くとますます喜ぶ。あたしだって何度もされてる。どんだけ最悪の気分になるか、わかる？」

ジュハは目をぎゅっとつぶり、しばらく顔を歪ませていた。

「だから？　だから撮ったの？　だからあんたたちが仕向けたわけ？」

「ママもおんなじなんだ」

「ううん、ママはおんなじじゃない！　ママが何を見て、どう育ったか知ってるでしょ？　ママはね、ジュハくらいの頃から、性教育キャンプに行ってたの。大学の時に読書会サークルも作ったって話、したよね？」

ジュハがプッと噴き出して答えた。

「だよね、なんと、二十年前に。で、今、ママは、男子は何も考えてない、理解してやらなきゃダメ、こっそり写真撮ってゲラゲラしてるのはふざけてるんだ、って、そんなことを言う人になった。女の子は男の子の成績を落とすために誘惑する、そんな、残念なことを言う人になったんだってば。だからさママ、もうちょっとアップデートしなよ」

あれは、もう二十年も前のことなんだ。二十年の間、わたしにはどんなことがあったんだろう。言葉を失い、ぼんやり虚空ばかり見つめていると、ジュハが自分の携帯を持ってきてテーブルの上に置いた。

「写真アプリに動画がある。気になるなら見て。それと、ウンビがジョンウと別れたのは、ジョンウが、ジョンウがしょっちゅう、洗ってもない手をウンビのパンティの中に入れようとしたからだよ」

ジュハはバタンとドアを閉めて部屋に入ってしまった。それって、手を洗ってたらいいってこと？　ジュハ、あんたもそうなの？　こういうこと言ったら、わたしが老害みたい？　唇を嚙んでテーブルに突っ伏した。しばらくそうやってすすり泣いていると、肩にずしりと重い手が置かれた。

「あんたの娘は、どうしてああなんだろうね？　私の娘を傷つけて」

ああ、母さん。泣き出しそうになりながら顔を上げると、母さんの目も赤く充血していた。

「ヤッバーい！　ウンビ、携帯、機種変したんだって。画面がすっごいキレイじゃん？」

明らかにジュハの声だ。笑う姿が氷の彫刻みたいに澄んでいる画面の中の女の子がウンビらしい。小学生と言われても信じてしまいそうなほど子どもっぽく、目尻がとろんと下がった純朴そうな印象だった。ウンビは、足が長くみえるように撮ってと言いながらパッとロッカーの上に飛び乗り、腰かけた。短くてふっくらした足をぽん、ぽんと蹴り出す仕草がかわいらしくて笑いがもれた。その時、ヒョンソンと見たことのない男の子一人が、画面に入ってきた。二人で何か耳打ちしたかと思うとヒョンソンがポケットから携帯を取り出し、ウンビの方に腕を伸ばした。

「おお！　いいぞ、よく映ってる、いーい眺めだ。おくーの奥まで、しっかり見えっぞー」

カチャッ、カチャッと音がした。画面が不安定に揺れたかと思うと、突然ピンボケになるくらいにズームインして、すぐにまたズームアウトした。そしてジュハと、知らない声のやりとり。

「ジュハ、どしたの？　大丈夫？」

「うん、大丈夫。あたし、シャッターの音を聞くと、目の前が一瞬見えなくなるんだ」

「マジ？　どして？」

「わかんない。フラッシュが光るみたいにピカッてなって、見えなくなる。急に頭も痛くなるし」

そのやりとりの後にゲラゲラ笑う声、からかう声、悪態をつく声が混ざり合った。オレが自撮りもしちゃダメなわけ？　あたしにカメラ向けてたじゃない！　その短い脚の方に、顔だって向けてねーって！　変態、豚女、韓男《ハンナム》〔韓国男性を見下す言葉〕、ヤリマン、そして意味のわからない言葉が続いて、映像はぷつんと終わった。

わたしは、画面を前に少し戻してジュハの言葉をもう一度聞いた。目の前が一瞬見えなくなる。急に頭も痛くなるし。せいぜい十五歳の子どもたちがひっきりなしに吐き出す悪態より、ジュハの不意の一言のほうにもっとびくりとした。私の症状と同じだ。十五歳の私は、知らないおばさんの長くてくっきりした傷痕が恐ろしく、怯えていたくせに、平気なふりをした。すでに似たような出来事は十分見聞きしている、その程度のことはなんでもない、と自分の不安や恐怖を否定した。それから頭痛が始まった。口元がチクチクしてこめかみから始まる片頭痛が、今に至るまで。自分もされたと言って顔を顰めていたジュハの表情が浮かんだ。

翌朝、ヒョンソン姉さんに電話をかけ、ジュハの陳述は難しい、間に立たされてジュハも苦しい立場だと伝えた。ヒョンソン姉さんは何も言わずに電話を切ってしまった。

＊

加害生徒には、書面での謝罪と特別教育処分が下った。そして生徒たちの携帯電話は朝の会の時に一括回収し、帰りの会で返却されることになったという。事件後、すでにいくつかの学級で携帯電話の回収を始めていたが、そもそも校則で、そうすることにしたのだ。

学暴委が開かれた日、ジュハはひどい頭痛で学校に行けなかった。ウンビが証拠として動画を提出しただけで、ジュハは証言することも陳述書を書くこともなかった。それでも、心にわだかまりが残ったらしい。前日の夕方から左側のこめかみがズキズキすると言い、薬を飲ませて早く寝かせたにもかかわらず、朝起きるなり嘔吐した。そんな子をあえて教室に押し込みたくなかった。一日一人でいられるかと聞くと、ジュハは黙ってうなずいた。

「ラーメン作ったりしないで、ごはんを食べなさいよ」

うつうつとする娘にかけられる言葉は、せいぜいそれだけだった。

急ぎの午前の仕事を終わらせて、十一時を少し回ったところで電話をかけると、ジュハは寝起きなのか、ひときわ沈んだ声だった。朝に比べてだいぶ良くなった、心配いらないと言う。私はまた、ごはんはちゃんと食べなさいと伝えて電話を切った。十二時半過ぎ、ごはんを一膳と冷蔵庫にあった作り置きのおかずを並べた食卓の画像がカカオトークで送られてきた。そして、不愛想な一言。

——ごはん、ちゃんと食べてるとこ。

画像を見て少しホッとしたし、忙しかったこともあり、午後にはジュハが一人で家にいるという事実も忘れてしまっていた。仕事が終わって、夕ごはんは何が食べたいかとカカオトークを送ると、おばあちゃんが準備してる、と返事が来た。ジュハが母さんに連絡をしたのか。申し訳なく、とりあえず安心もした。

おかずはチャンアチ〔野菜を醤油やコチュジャンなどの調味料で長期間漬けたピクルス〕と塩辛、キムチだけだった。母さんは深めの皿を三つ、食卓の上に置いた。

「何、これ？」

「アボカド明太丼」

「母さんが夕ごはんの準備をしてるっていうから、家に着いたら、てっきり辛いキムチチゲがグツグツしてるとばかり思ったのに」

「もう服や髪にキムチチゲのにおいがしみこむのはすっかり嫌なのよ。こざっぱり暮らそう」

私たちのやりとりを聞いていたジュハが、祖母に向かって親指を立てる仕草をした。用意されたさっぱりした夕食は意外においしくて、私はずっと、うん、うん、と低い感嘆の声を上げていた。おとなしくスプーンを動かしていたジュハが、だしぬけに言った。

「わざと、撮ったの。あそこにあやって上って座ったら、男子たちが来ると思った。ウンビと、セリフも練習した」

わかっていた。ずいぶんと大きくなってしまいはしたが、自分の娘だ。そのくらいのことは想像がつく。母さんは予想もしていなかったのか取り乱し、釈然としない顔で、ジュハ、あんた、と言った。わたしも小言の一つくらい言ったほうがいいかと迷ったが、共犯になることにした。

「誰にも言っちゃだめだからね。ジュハと、ウンビと、わたしたちだけが知ってる話なんだから」

ジュハはこくんとうなずいた。

「で、頭が痛いのは平気？」

「みたい。言われてみると、すっきりしてる」

ジュハは箸でごはんの粒をかき分けると、アボカドだけを一切れ、ぽんと口に放りこんだ。好き嫌いをして食べても別に叱っていないから、ジュハは当然のように偏食だ。それでも健康で、ちゃんと大きくなっている。バランスよくちゃんと食べるべき、というのも、わたしのこだわりや不安なのかもしれない。わたしもスプーンを置き、箸でアボカドをつまみあげて口に入れた。いい感じに熟れたアボカドは、何度も嚙まないうちにざらりと喉を通り過ぎていった。口いっぱいに広がるまろやかで香ばしい味と質感を、今ジュハも感じているのだろう。

ジュハの皿に丸く伏せられた薄緑色のアボカドを見て、遠い日にわたしの手からすり抜けていったグリーンピースの一粒を思い出した。いつの日か、ジュハもわたしたちが向き合ったこの姿を、ドラマの一シーンのように振り返るのだろうか。その時ジュハの食卓には、どんな見知らぬ実りが上っているのだろうか。

初恋２０２０

スンミンが告白したのは、四年生の終業式の日だった。学校からの帰り道、ソヨンの住む四〇一棟に着くと、スンミンはびくびくしながらソヨンの前に立ちふさがった。

「どうしたの？」

「ついて来て」

スンミンは四〇一棟と四〇二棟のあいだにある花壇にソヨンを連れていった。ソヨンはスンミンが言おうとしていることになんとなく察しがついていた。

二人はこの一年間、ずっと仲良しだった。女子たちはべったりな同性の仲良しをつくり、男子たちは男子だけでつるんで遊ぶ年頃なので、二人の関係はしょっちゅうからかいの対象になった。付き合ってんの？　これから付き合うって感じ？　あいつのこと好きなの？　とからかわれても、ソヨンは無視したし、スンミンはガキくさいとつっぱねた。スンミンはからかわれるのが本当は気になったけれど、付き合ってるわけじゃないとマジメに返事してソヨンを困らせたくもなかった。「ガキくさい」は、悩みに悩んで考えた最善の答えだったのだ。そのようにしてここ一年を過ごした。

通知表を配る前に担任の先生が絶対に回し読みしないでと何度も念押ししたにもかかわらず、最初のページに書かれていたクラス分けは、あっという間に子どもたちのあいだで共有された。スンミンとソヨンは同じ「カ」クラスだった。ソヨンは手をパチパチさせながら喜び、スンミンはしばらくぼう然とした。これが、運命、ってものなのかなあ。この時、ソヨンに告白しようと心を決めた。

スンミンはスニーカーの先で花壇の土を掘り返し、マスクをいじりながらしばらくもじもじして、ようやく重い口を開いた。

「んと、僕たち、みんなから付き合ってるだろとか好きだろとかっていろいろ言われてるよね。だけど、僕、本当にソヨンのこと、ちょっと好き」

「ちょっと？」

「ちょっと、ううん、ちょっとすごーく」

「ふーん」

スンミンが指のささくれを取りながら聞いた。

「僕たち、付き合わない？」

ソヨンはスンミンをじっと見つめるだけで答えなかった。ソヨンもスンミンが好きだ。でも、付き合うっていうのがどういうことなのかよくわからない。今も休み時間によく遊んでいるし、帰りの時だって家までずっと一緒だった。付き合ったら何か変わるの？　ソヨンが悩んでいる間、スンミンはささくれを無理やり引っ張り、すると真皮がすっかり現れてたちまち血がにじんだ。ソヨンが目を丸くした。

「スンミン、指に血……」

「ほんとだ、僕、血を見ちゃった」

ソヨンの顔から笑みがこぼれた。

「いいよ、付き合おう」

「それじゃあとでメールするね」

スンミンが耳まで真っ赤にして先に家のほうへ駆け出し、ソヨンはゆっくりと花壇から出た。

習い事のスケジュールを表にして共有し合った。月、水曜日はソヨンの英語教室とスンミンの数学教室の時間が重なるので、早く家を出て公園で少しだけ会うことにした。木曜日はソヨンの数学教室がスンミンの作文教室が始まる前に終わるので、それぞれ行き帰りに歩きながら電話をすることにした。あとはときどきメールをする。寂しいけれど、あと二週間後には春休みが終わる。学校が始まったら毎日会おうと、四年生の時みたいに一緒に家に帰ろうと約束した。二人が付き合っていることは、学校では秘密にすることにした。わざわざネタにされる必要はないから。

ときめきと幸せの時間は一週間で幕を閉じた。二月末から新型コロナウイルス感染症の感染者数が爆発的に増え、始業式が二週間延期になったのだ。習い事もすべて休みになった。学校も習い事もないので、行き帰りに会うことも電話をすることもできなくなった。

ソヨンは部屋のドアを閉めて電話することもできたが、スンミンは母から部屋のドアを閉めるのを禁止されていた。電話の相手が誰かは訊かないから好きにしていいと言っておきながら、スンミンの母は、電話中らしき気配がするとたんにそれまでしていたことをストップした。掃除機の音が止まって、流し台の水の音が小さくなって、ラジオの音量が低くなった。スンミンはちっとも電話で話す気になれなかった。

代わりにメールでやりとりすることが多かった。何してる？　ごはんは？　暇すぎるよ。お母さんがムカつく。お姉ちゃんがとなりでずっと話しかけてくるからめんどくさい。テレビ見てたよ。寝坊した。ゲーム中。お母さんがごはんを食べてって。携帯やりすぎって怒られちゃった。歯磨いてくる……変わりない日常の中継がつづき、ソヨンから先に「会いたいよお」というメッセージを送った。

ソヨンは両手で携帯をぎゅっと握り、穴が開くほど画面を見つめた。返事がない。さっきからメッセージのやり取りをしているから、見ていないということはないはずだ。なんで？　携帯壊れちゃったの？　ソヨンは携帯を折りたたんだが、ふたたび開いてメッセージボックスを確認した。最後のメッセージは、ソヨンが送った「会いたいよお」のまま。送らなきゃよかったかなあ。重すぎたかなあ。送信を取り消してみようと思ってボタンをあれこれ押していると、携帯がブルブルと震えた。スンミンからだった。「ソヨンってめっちゃかわいい」

ソヨンは告白された時よりずっとずっと胸がときめき、顔が赤らんだ。ぷっ、かわいいって。あたしのことがかわいいって。携帯を抱きしめて床をごろごろ転がっていると、いきなりドアが開いた。お姉ちゃんだった。

「何してるの？　頭おかしくなった？」

「ノックしてよ！　もーう頭にくる」

「やっぱりどうかしてる。お母さんがごはん食べてって言ってるよ。聞こえないの？」

「聞こえませんでしたよーだ」

「あんた、まさかコロナ？」

「なんでもかんでもコロナって言わないでよ。バカみたいにさ」

「いいから早く食べに来て」

お姉ちゃんがバタンとドアを閉めて出ていくのを見て、ソヨンはスンミンにごはんを食べてくるとメッセージを送った。すぐに新しいメッセージが届いた。スンミンからではなかった。

――［Web発信］［LG U+］〔韓国の通信キャリア〕LTE　U19プランの通信量が上限を超えました。

ソヨンは肩を落としてつぶやいた。最悪なんだけど。

ソヨンは折り畳み式の古いガラケーを使っている。最近は折り畳み式といっても簡単なネット検索ができるし、カカオトークも使えるのに、ソヨンのガラケーにはモバイルデータ通信とWi-Fi機能がない。二年生までは首にぶら下げるキッズフォンを使って、三年生になってからはお姉ちゃんのガラケーをおさがりで使っている。そのタイミングでお姉ちゃんはスマホに買い替えた。ソヨンは自分にもスマホを買ってくれたら、勉強も頑張るし、学級委員にもなるし、お姉ちゃんとケンカもしないし、ごはんも残さないとさまざまに約束を乱発したが、無駄だった。

ソヨンには、このガラケーしかない。カカオトークもSNSもEメールも使えないのに、通信量を使い果たしてしまったのだ。今月は電話もメッセージも受けることしかできない。スマホがあれば、気楽にカカオトークでやりとりしただろうに。

ソヨンはスプーンいっぱいにごはんをすくって口に入れ、スープは器ごと手に持ってごくごくと飲み込んだ。お母さんが「ソヨン、今日よく食べるね」と言いながら卵焼き一つをソヨンのごはんの上にのせてくれた。卵焼きもむしゃむしゃ食べた。食が細い末っ子にどうしたらたくさん食べさせられるだろうというのがお母さんの一番の悩みだということを誰よりもよく知っているのだ。お母さんがにっこり笑ったその瞬間、ソヨンがお母さんに笑顔を返しながら言った。

「あたしも三月になったら五年生になるでしょ？」

「そう、ソヨンがもう五年生だなんて。始業式が延びて残念だよね。お姉ちゃんもいつ中学校の入学式ができるかわからないし」

「五年生になったらスマホ買ってくれるって言ったのも覚えてるよね？」

すっかり忘れていたらしく、お母さんの箸がピタッと止まった。ソヨンがお母さんの顔色をうかがいながらおそるおそる尋ねた。

「あと何日もないから、今日、買いに行っちゃう？」

お母さんは卵焼きをもう一つソヨンのごはんの上にのせて、なだめるように言った。

「今コロナだから、学校も塾も休んでるでしょ？　こんな時に携帯を買いに行くのは危ないからね」

「じゃあ、ネットで注文するのはどう？」

「ソヨン、そんなに急がなくていいでしょう？　どうせ今すぐ必要なわけでもないんだし。だって、今もお母さんのスマホでゲームしたりYouTube見たりしてるじゃない。コロナが落ち着いたらその時に考えよう。それでいいよね？」

もしかしてお金がないのだろうか。ソヨンのお父さんは、日本ツアーを専門とする小さな旅行会社を経営している。会社は日本製品不買運動の時から厳しくなり始めて、コロナで最悪の経営難を迎えたそうだ。お母さんとお父さんがニュースを見ながら話すのを横でちらっと聞いた。それにお母さんもさっそく今週末から仕事がない。お母さんは博物館や美術館などで小学生向けに歴史を教える講師だ。人気があって週末には一日も休んだことがないのに、コロナですべてのスケジュールがキャンセルになったのだ。

それならチャージでも頼んでみようかと悩んだが、結局言わなかった。スンミンから何してる？　忙しい？　なんで返事しないの？　と何度もメッセージが送られてきて、夜遅くに電話がかかってきた。ずっと携帯を手に持っていたソヨンは、振動がするとすぐに電話に出た。

「ごめん。利用制限がかかって受信しかできないの。三月になったらまた送れる」

「ソヨンもカカオトークが使えたらいいのにね。パソコンでもできない？」

「ノーパソがあるけど、母と一緒に使ってるんだよね」

「そうなんだ」

「どうやって電話したの？　お母さんがいるから電話しづらいんでしょ？」

「母さん今、ゴミ出しに行ってる。あ、帰って来た。切るね！」

受話器の向こうからピッピッピッピッというオートロックドアの音が聞こえて、電話が切れた。

ソヨンはうずくまって両膝の間に顔をうずめた。

メッセージが送られてくる回数がだんだん減っていった。同じような毎日が過ぎていき、それ以上話すこともなかった。三月になると、ソヨンの通っている英語教室がズームを使ったオンライン授業を始めたし、数学教室は計算問題プリントをメールで送ってくれた。ソヨンはお母さんのスマホでゲームする時間が長くなったし、お姉ちゃんとよくケンカした。

始業式はまた二週間延期になったが、お姉ちゃんが通っている塾はどこも対面授業を強行した。マスクは薬局でしか買えないし、一週間で買えるのが一人二枚までと決まっている。だが、塾には毎日行かなければいけないので、お姉ちゃんは一枚のマスクを三日間使用した。三日目になると、マスクから嫌な臭いがするから塾に行きたくないと言っていた。ソヨンがYouTubeで見つけたナプキンとゴムひもでマスクを作る方法を教えてあげたが、お姉ちゃんは見向きもしなかった。

スンミンの塾でも対面授業が始まった。ソヨンがまだオンライン授業を受けていると言うと、スンミンはうらやましがった。

——宿題めっちゃ増えた。

——昨日はテストにパスできなくてほぼ二時間も塾にいたよ。

スンミンは三年生の時から数学の先取り学習を始めていて、今は中一の数学を習っている。スンミンの数学教室は、授業の終わりにテストをしてパスできなければ家に帰らせないことで有名だ。入塾の際に、いつ終わるかわからないから、後ろに別のスケジュールを入れないでほしいと言われたらしい。

「大変だったね。頑張って!」というメッセージを送りはしたが、ソヨンはどうしてそこまでしなきゃいけないんだろうと思った。ソヨンは四年の二学期から数学教室に通っている。その前は家で問題集を解くだけだった。お母さんが採点して間違っている問題の解説をしてくれたが、ある時からお母さんの説明ではうまく理解ができなくなった。お母さんの声がだんだん大きくなり始め、お姉ちゃんから塾を勧められた。

「お母さん、そろそろソヨンも塾に行かせたら？　分数からは家でできないよ。家族で教えるもんじゃない」

ソヨンは数学教室に週二回一時間ずつ通い始め、学校の進度に合わせた問題集を解いた。それだけでも授業に問題なくついていけたし、単元評価テストでもいつも九十点以上もらえたので、二学期の算数の成績はオールAだった。このくらいやってれば、別に十分だと思うんだけどな。ソヨンは不思議にも、不安にも感じた。


四月からソヨンの英語教室も対面授業になり、十六日からは学校もオンライン授業を始めることになった。ソヨンはもう遊べなくなると思うと残念な気がして、普通の日常に戻れると思うとホッとして、ほかの友達はたくさん勉強しているのかが気になると自分だけ遅れているのではないかという気がした。

四月一日の水曜日、ソヨンは英語教室に行く前に公園でスンミンに会った。一か月ぶりだった。マスクの上に見えるスンミンの目が三日月のようになっている。スンミンが笑うと、目をつむっているように見える。目の前で指を振りながら「これ、いくつだ？」とからかうように言ったけれど、ソヨンはそのやさしい目が好きだ。

この間どのように過ごしていたのか、どれくらい不安で退屈だったか、愚痴が嵐のように吹き出した。友達と一緒に遊びたいとスビン、タギョン、ヨンス、チユと一人ひとりの名前を挙げていたらとつぜん涙が出そうになった。これ以上言うと本当に泣いてしまいそうだったので、唇をぎゅっと嚙みしめた。マスクがあってよかったと思った。スンミンがソヨンの気持ちを読んだのか、宿題もなく、単元評価テストもなく、読書日誌も日記もつけなくていいのはラクだったろと大げさに笑った。ソヨンはスンミンの意図を知りながらも、わざと「しょうもない」と言ってスンミンをとがめた。

ソヨンがもうすぐ月曜日に会えるねと話題を変えると、スンミンはようやく思い出したかのように、月曜日には会えないと答えた。

「今月から月曜日に科学教室に通うことになってる。数学教室の前に」

「へえ、そうなんだ」

「ソヨンも一緒に通わない？」

「お母さんに聞いてみる」

「そうだ、数学教室を変えるつもりって言ってたよね？　じゃあ、うちに来たら？　教科書に合わせた授業も新しくできて、それだけ取ってる子も多いよ。ジュンスも「エリート数学塾」に通いながらうちの教室で小5算数を習ってるし」

コロナで学校の授業がまともに進まなくなると、塾ではさまざまな代案を打ち出してきた。補講をしたり、定期テストを行って理解度をチェックできるようにしたり、特別クラスをつくったりするところもあった。スンミンはいつも通り中1の数学を習いながら、小5算数の授業も受けている。スンミンだけでなく先行クラスのみんなが小5の授業も受けているという。

「コロナが終わったら、成績の差が大きく出るだろうって。その頃になって追いつこうとしても、絶対無理だって。院長先生がそう言ってた」

ソヨンは今度も母に聞いてみるとだけ答えた。実は、数学教室を変えるという予定はなく、ただやめていた。

年明けからお父さんの会社に従業員が一人ずついなくなり、いまはお父さん一人で働いている。会社に行ってもやることは、客からのキャンセルを受けつけ、払い戻しの手続きをするだけだが、廃業だけは避けようと頑張っている。コロナの前から変化は求められていた。日に日にパッケージツアーの需要が減っているうえに、温泉めぐりが中心の親孝行ツアーも団体ではなく、夫婦やファミリーだけで参加したいという客が増えてきたのだ。お父さんはこれを機に新しい商品開発を進めようとしている。売上はゼロだが、自営業者や観光業を対象とするさまざまなコロナ特別支援金でなんとかしのいでいる。それからお父さんは最近、宅配会社で荷積みのアルバイトを始めた。

すべてはお姉ちゃんから聞いた話だ。お母さんに数学教室は人数が多すぎるから当分休むことにしようと言われたのも、コロナのせいだろうと思っていた。お姉ちゃんが数学教室と美術教室に行かないのも。お父さんの帰りが遅いのは残業があるからなのだろうと思ったし、お母さんが地域の児童センターに出かけるのはボランティア活動だろうと思った。お母さんが用意してくれた冷めた昼ごはんを食べながら、知らない子たちに炊き立ての温かいごはんを食べさせているお母さんを少しだけ恨んだ。時給をもらってアルバイトしているとは思ってもみなかった。何も知らずにスマホをねだった日、お母さんが出かけたあとで、お姉ちゃんに頭をコンと叩かれてしまった。

「お父さんの会社が倒産寸前で習い事にも通えないのに、よくもスマホの話ができるよね」

お姉ちゃんから家の状況を聞かされてソヨンはおんおんと泣いた。怖かったし、悲しかったし、両親がかわいそうで、申し訳なくもあった。

「でもお姉ちゃん、あたしたち英語教室はこのまま通ってもいいわけ?」

「もちろん。わたしが美術教室をやめたから。もう絵は描かないつもりだよ。芸術高校にも行かない」

何も悪いことをしていないのに、自責の念がソヨンの心に重くのしかかった。家族と逃げ回っている夢を何日も立て続けに見た。よく眠れないから元気がなく、お姉ちゃんとケンカもしなかった。二人がぎくしゃくしているのを見て、お母さんからはケンカしてくれたほうがかえって落ち着くと言われてしまった。スンミンに不安な気持ちを打ち明けてなぐさめてもらいたかったけれど、短いメッセージですべてを伝えるには限界があった。

塾の時間が迫り、ソヨンがベンチから立ち上がろうとすると、スンミンはリュックから紙袋を一つ取り出した。

「これ何？」

「プレゼント」

「ここで開けてみてもいいの？」

「もちろん」

マスクだった。ＫＦ94中型マスク五枚。ソヨンは婚約指輪でも受け取ったかのように手が震えた。

「これ、どこで手に入れたの？」

「一枚を何日も使いながら集めたよ。母さんに気づかれないようにして」

ソヨンは喉が詰まってかろうじてありがとうとお礼を言った。手をつないで誰もいない公園を横切り、手を離してそれぞれの方向へと歩き出した。

会話らしき会話は、この日が最後だった。スンミンが月曜日には科学教室があり、水曜日には宿題があったりテストを受けなければいけなかったり補講があったりして忙しかったのだ。最初の約束は自然となかったことになったし、マスクで半分しか見えない顔さえ見ることができなかった。たまにメッセージをやりとりするとなると、スンミンは、ソヨンも同じ塾に通えばいいのに、カカオトークができればいいのにと言い募り、その言葉がソヨンには負担にも感じられた。

ある日、英語教室の補講があっていつもより一時間ほど遅く家に帰っていたソヨンは、コンビニの前でスンミンと出くわした。うれしかったけれど、気まずくもあった。ソヨンが先に手を振ると、スンミンも手を振った。ソヨンは小さく微笑んで、スンミンを通り過ぎた。あとから考えると、マスクに隠れて顔がちゃんと見えなかったのではないかという気がした。スンミンが誤解していたらどうしようと心配したり残念に思ったりはしなかった。しかたないことだと思った。


六月五日になって初めて学校に行った。五月中旬、高校三年生から順次登校が始まり、小学五、六年生と中学一年生が六月一日に登校した。毎日ではなくクラスごとに週一回の登校で、ソヨンは五組なので金曜日が登校日になった。

いつもなら学校のロッカーに置いていたはずの教科書とノート、読書日誌、サインペン、色鉛筆、はさみ、のり、テープ、ティッシュ、ウェットティッシュ、手指消毒剤、上履きまでリュックに入れたら、ファスナーがかろうじて閉まった。肩が抜けそうに重くて、登校中ずっとリュックの肩ひもを手で持ち上げながら歩いた。校門には「みんなさん、久しぶりです！ 会いたかった！」と書かれた横断幕が掲げられている。

ソヨンはサーモグラフィーカメラが置いてある中央エントランスから校舎に入り、廊下で上履きに履き替えて前の戸から教室に入った。Google Meet の画面でしか見たことのない担任の先生が座っていた。不思議な気分だった。芸能人を生で見るとこんな感じなのだろうか。ソヨンが名前を言うと、先生は「ソヨンにようやく会えた」と言って体温を測り、出席簿をつけたあと、手のひらにアルコールをつけてくれた。

机が腕一本分の距離をあけてぽつんぽつんと置かれていた。机の両脇と正面は透明なアクリル板で遮られている。正面の仕切りの下には、名前シールが貼られていた。ソヨンは自分の名前がある席に腰をおろして、教室を見渡した。みんなマスクをしているが、仲のいい友達はすぐに見分けがついた。チユにだけ、気が付かなかった。チユは冬休み中に髪をショートにしたのだが、見ないうちに髪が肩の下まで伸びていたのだ。クラスの子たちはそれぞれの席で手を振って挨拶を交わした。

ソヨンがリュックからペンケースとノート、国語の教科書を取り出していると、誰かが仕切りをトントンと叩いて通り過ぎた。ナイキの黒いリュックを背負っているスンミンだった。挨拶はそれだけだった。休み時間は短すぎたし、トイレに行く以外は席に座っていなければならなかった。下校の際は、間隔を空けて列を作り、一人ずつ校門をくぐり抜けた。スンミンとはずっと三メートルくらい離れたままだった。

登校が始まってから三週間が経ったある日の朝だった。となりの席の子がリュックを開けて教科書を取り出していると思ったら、カバンの中身をすべて机の上にぶちまけ始めた。焦って何かを探しているので、大事なものを忘れてきたのだとわかった。眉間にしわを寄せて途方に暮れている友達にソヨンがたずねた。

「まずいこと起きた？」

腕一本分離れて座っている、仕切り向こうの、マスクをしたとなりの子が答えた。

「みず、持ってきたよ」

「えっ？」

「みず、持ってきたってば」

「そうじゃなくて、ま、ず、い、こ、と、お、き、た？」

「ああ、ペンケース。ペンケースを忘れてきたみたい」

ソヨンはしばらく悩んで、自分のペンケースから後ろに消しゴムのついた鉛筆を一つ取り出して友達に渡した。となりの子はじっと見てばかりいて鉛筆をあっさりと受け取らない。ソヨンはリュックから取り出したウェットティッシュで鉛筆を丁寧に拭き、端っこをウェットティッシュでつまんで友だちにもう一度渡した。となりの子はようやく鉛筆を受け取って「ありがとう」と言った。

教室での生活は、無事に続いた。誰も走らず、ケガせず、ケンカもしなかった。休み時間には近くの友達同士でひそひそとおしゃべりをしたし、授業中には誰かが的外れな答えを言うとみんなで笑ったし、グラウンドを走り回ることはできなくても、スピードスタッキングや風船バレーのようなちょっとした体育活動もした。下校時間になるとソヨンは息がつまりそうな気がした。塾やスーパーに行く時もマスクをつけたし、何時間もがまんしていられたのに、不思議と列をつくって校門のほうへと歩いていると、マスクがとても窮屈に思えるのだった。

学校からお姉ちゃんとソヨンの分として割り当てられたキムチと野菜などの食材セットが二箱届いた。お母さんは米も八キロずつ十六キロ届いたし、果物はコロナで給付された農協モールのポイントで買えばいいからしばらく食べ物の心配はないだろうとよろこんだ。ごぼうの煮付けとえのきの卵とじが朝昼晩テーブルに並んで少し飽きてしまったけれど、お母さんが娘たちのおかげでごちそうが食べられると言うのを聞いて、ソヨンはなんだかうれしい気持ちになった。

ごぼうの煮付けを食べ終わる頃に、お母さんは干し大根葉を茹でた。これまで、母方のおばあちゃんが茹でて小分けしたものをクール便で送ってくれて、それを解凍させて食べるだけだったから、自分で茹でるのはお母さんも初めてだそうだ。ソヨンもああいう匂いを嗅ぐのは初めてだった。水で戻した干し大根葉の匂いは、まるで梅雨時のタオルの生乾き臭のようだった。この頃、こういう饐《す》えた匂いが時々窓から入ってくるので、ソヨンは不思議に思っていた。みんな食材セットに入っている干し大根葉を茹でていたのだろう。

匂いから逃げるようにして縄跳びを持ってマンションの前に出ると、そこにはスビンがいた。去年は同じクラスで結構仲良くしていたのに、今年に入ってからは会うのも初めてだ。スビンは四月からスンミンと一緒の数学教室に通っていると言うと、ソヨンに尋ねた。

「二人、今年も同じクラスだよね」

「うん」

スビンは何か思い出したようにクスッと笑って言い続けた。

「キム・スンミンってめっちゃやさしいんだね」

「そうなの？」

「アタシ、キム・スンミンと英語教室と数学教室が同じだから毎日会うの。最近カカオトークもよくするんだけど、ソヨンがなんでスンミンのことが好きなのかわかる気がする」

「好きじゃないよ」

「二人、付き合ってるんじゃないの？」

「付き合ってないって！　その話、もううんざり」

付き合っていることは秘密にしようと、すでにスンミンと約束している。だが、好きでもないし、付き合ってもいないと嘘をついたら、なんだか後ろめたい気分がした。それにこの頃は、付き合っている気が本当にしない。エレベーターに乗って、ソヨンはスンミンに「塾は無事に終わった？」とメッセージを送った。スンミンからすぐに「うん」と返事が来た。やりとりはいつものようにあっさりと終わってしまった。

対面授業のある金曜日、三時間目の英語が時間より早く終わった。ソヨンは目でスンミンを呼び出した。他のクラスのみんなは登校していないので、がらんとした廊下を通って図書館側の階段を上った。踊り場に立ってソヨンが言った。

「あたしたち、別れよう」

「ソヨン……」

「電話とかメッセージとかじゃなくて顔を合わせて言いたかったけど、今じゃないと話す時間がなさそうでね。別れよう」

ソヨンが階段を降りようとすると、スンミンがソヨンの手首をつかんだ。

「急にどうした？」

「もう授業始まっちゃうよ。戻ろう」

ソヨンがスンミンの手を振り切って階段を降りると、スンミンが大慌てでソヨンを呼びながら駆け降りてきた。ソヨン、ちょっと待って！　チェ・ソヨン、ちょっと待ってって！　ちょうど教材室から教室に戻ろうとしていた担任の先生が二人の姿に目を止めた。寒気がするほど冷たい目をして先に進んで行く女の子と、どうすればいいかわからずにすがりつくようにして後を追う男の子。授業中は男の子が仕切りに隠れて肩を震わせていた。五年生の男の子が学校で泣くのはめったに見たことがない。担任はただ事ではないだろうと思った。いじめか何かだろうか。もしそうだとしたら、どちらが被害者で、どちらが加害者だろうか。

担任は学校の終わりに二人を教室に残した。

「トイレに行く以外は、休み時間にも席に座ってなきゃいけないって、わかるよね？」

ソヨンは「はい」と答えたが、スンミンは無言だった。返事の代わりに、首をうなだれたまま再びすすり泣きを始めた。はあ、キム・スンミンさあ。気が弱いなって思ってたけど、こんなふうに泣いちゃうとは思わなかったよ。ソヨンはため息が出た。先生がスンミンに大丈夫なのかと尋ねたが、スンミンは答えなかった。今度は先生が、二人を交互に見ながら尋ねた。

「二人、ケンカしたの？　何かあった？」

スンミンが泣いているのに、何でもない、ケンカもしていない、と返事をしたら、かえって怪しまれそうだったので、ソヨンはケンカをしたと答えた。

「ケンカしました。でもたいしたことじゃないんです。ちゃんと仲直りします」

その時だった。スンミンがいきなり割り込んできたのは。

「ソヨンにフラれました！」

「ねえ、ちょっと！」

ソヨンが目を丸くしてスンミンに叫んだが、スンミンはものともせずに言い続けた。

「コロナのせいで何回かしか会えなかったのに、僕、何も悪いことしてないのに、いきなりフられました！」

先生は少し戸惑ったが、落ち着いて二人をなだめた。

「そうなんだ。先生は詳しい事情を知らないからなんとも言えないけど、とにかく今はコロナ予防対策をきちんと守って……」

二人の耳には先生の言葉がちっとも入らなかった。ソヨンはスンミンをにらみつけて言い返した。

「あんたが言った通り、コロナのせいで会うこともできないでしょ？　なのに付き合うだけで何するの？　あたしたちに何ができるというのよ！」

「それって僕のせい？　うちの塾に来てって言ってもソヨンが来なかったじゃん！　ソヨンってカカオトークもできないじゃん！」

「あたしだってあんたの塾に通いたい。カカオトークもしたい。でも、できないものはどうしようもないよね？　だから別れようって言ってるんでしょ？」

「だったら、僕からもらったマスクを返せよ！」

「はあ、性格悪っ……。わかった。来週返すから。その代わり、付き合うって言ったのはナシだからね。別れたんじゃなくて、付き合ったこと自体ナシだから。いいね？」

ソヨンは先生にぺこりと頭を下げて挨拶すると、教室を飛び出してしまった。すぐにスンミンの目から滂沱《ぼうだ》の涙が流れ、マスクを濡らしていった。先生は引き出しから余分のマスクを取り出してスンミンに渡した。

「スンミン、二人が付き合って別れることまで先生がイロハを教えたり間違いを正してあげたりすることはできないの。でも、うーん、マスクを返してとまでいうのは、ちょっとやりすぎだと思うけど?」

スンミンが黙っているので、先生は言い続けた。

「コロナのせいでこんな結果になったのは、先生も残念だし、申し訳ないと思う」

「先生が申し訳ないと思うのはおかしいです」

「でも、そんな気持ちなの」

教室の窓越しに、校門を抜けていくソヨンの後ろ姿が見えた。小さな体にしてはリュックが大きくて重そうだった。スンミンは鼻水を啜り、涙を拭きながら、ソヨンの姿が建物に隠れて見えなくなるまでじっと見守り続けた。

著者あとがき

「家出」は二〇一〇年に父親が亡くなってから書き始めました。それぞれの生活が忙しくて、なかなか集まれなかった家族、親戚が、葬儀期間中ずっと一緒に時間を過ごしているのに、みんなを集めた父はいないという状況が奇妙でもあり、せつなくもありました。その時の気持ちに整理がつかないまま初稿を書きました。それから何度も書き直し、老年の父親がとつぜん家出して、娘のクレジットカードを使うという設定だけがそのまま残っています。

「ミス・キムは知っている」は、私が初めて描いた短編小説です。二〇一二年に描いたもので、毎日通勤がある社会人としての記憶や気持ちが今より鮮明に残っており、まだまだ怒りや疑問も強く抱いていた頃でした。今の状況にはそぐわないところが多く、私の考えも当時とは変わってきたので、多くの場面をカットしたり手を加えたりしました。手直しの過程が、最も楽しかった小説です。

「ヒョンナムオッパへ」〔「ヒョンナムオッパへ」は日本ではチョ・ナムジュ他『ヒョンナムオッパへ』（斎藤真理子訳、白水社、二〇一九）に収録されているため、本書には掲載していない〕は、タサンブックスが企画した〈フェミニズム小説集〉に掲載された小説です。精神分析医ロビン・スターンの『The Gaslight Effect』〔映画『ガス燈』で妻自身に精神疾患だと思い込ませるような夫の行為を「ガスライティング」と命名し、相手を心理的に操作しようとする行為について分析した名著〕を基にし、人物の考え方や行動パターンを作り出しました。エピソードの詳細は、二十代女性をインタビューした本や記事を参考にしながら書きました。

「女の子は大きくなって」の執筆中には、何度も「韓国女性ホットライン（한국 여성의 전화）」が作った女性人権運動アーカイブサイト（http://herstory.xyz）の資料に目を通しました。もちろん、実在する特定の人物や団体をモデルにした作品ではありません。

「オーロラの夜」と「梅の木の下」は、相互に繋がっている作品です。この二篇の小説は、YouTubeチャンネル「パク・マンネばあちゃんKorea_Grandma」から始まりました。このチャンネルにアップされた動画を見始めた頃から、私は女性として老いることについて、真剣に考えるようになった気がします。

「オーロラの夜」を書き始める前にドキュメンタリー番組「ＳＢＳスペシャル」のオーロラーハンター篇と「ＥＢＳ世界テーマ紀行」のカナダ雪国紀行篇、公共放送ＫＢＳ制作の「宇宙劇場」を何度も見直し、写真家クォン・オチョルの本やブログを参照しました。「梅の木の下」を書く時は、アトゥール・ガワンデ『死すべき定め——死にゆく人に何ができるか』（邦訳は原井宏明訳、みすず書房）、チェ・ヒョンスク『お別れ日記』〔療養保護士である著者が認知症の母を看取るまでの日々を記録したエッセイ〕、キム・ソニョン『亡くしたけれど、忘れていないもの』〔腫瘍内科の医師である著者が、父の死、それから自分が迎えるであろう死について考察したエッセイ〕が、頭の中の考えを整理する上で役に立ちました。また、療養保護士として働いていた方と家族の介護経験がある方のエッセイをいくつか参照しました。

「誤記」のエピソードは、すべてが私の体験談ではありません。

「初恋2020」は、コロナ禍で日常がすっかり壊れてしまった2020年の夏に書きました。教育とケアに空白ができ、放ったらかしにされてしまった子どもたち、孤立させられてしまった子どもたち、表情を浮かべ、身振り手振りしながら話し合うことができず、汗をかくほど走り回れず、なんでこんな状況になったのかいつまで続くのかがわからずに誰よりも不安を感じているはずの子どもたちが、どんなことを考え、どんな気持ちを抱きながら育っていくのだろうと気がかりでした。もう少し短く、ドライに書きたかったのですが、伝えたいことが多かったのか、当初計画していた分量より長く、ディテールの多い話になりました。

「家出」と「初恋2020」の間には、十年もの時差があります。一冊にまとまるとは思っておらず、なんの計画もなく、その時その時の話を書いてきました。もう一度読み直し、書き直しながら、これまでどんなことを見て、考えて、やってきたかを振り返ることができました。ちょっと気恥ずかしくて、非常にかけがえのない経験でした。


短編集を一緒に作ってくださった民音社の編集者パク・ヘジンさんにお礼を申し上げます。書き続けられるチャンスをいただいた上に、私が一篇一篇発表して、書き直すまでの過程を見守りながらアドバイスしていただき、本になるまで私以上に事細かに悩んでくださいました。

解説を書いてくださった評論家金美賢《キム・ミヒョン》さんにも感謝申し上げます。

チョ・ナムジュ

解説

針を動かす時間、増殖するハーストーリー

金美賢《キム・ミヒョン》
(文学評論家、梨花女子大学国文科教授)

1　女性の時間、女性の裁縫

時間とは、歴史であると同時に想像である。また、現実であると同時に理想でもある。だから、ヴァルター・ベンヤミンの「歴史の天使」は、過去を振り返りつつ前に進む。いいかえれば、後ずさりながら進歩するのだ【原注1】。しかし女性の歴史は、やや異なる様相で流れていく。ベンヤミンの歴史の天使が、どちらかというと未来の創造よりも過去の救済にフォーカスしているとすれば【原注2】、女性の歴史の天使たちは、〈過去と現在と未来〉が同時に動き、互いに影響しあうという流動性のほうがより際立つ。そのため、後から来る女性とも互いの顔を見つめながら前へ進むことができるし、前を歩いている女性の背中に寄りかかることもできる。「到来する過去」への恐れ、「古びた現在」へのもどかしさ、「過ぎ去った未来」への無念がまじりあう時間の中で、自らの時間を経験しているからだ。つまり、それぞれに異なる女性たちが、互いの顔や背中を見つめているのが、女性の歴史の時間なのである。

チョ・ナムジュの『私たちが記したもの』は、一九八二年生まれが中心となった『82年生まれ、キム・ジヨン』よりも幅広い年齢や世代の女性が中心となっている短編集だ。八十歳の老人から十

三歳の小学生まで、さまざまな年齢の女性たちがあじわった、異なる経験を物語の中心に据えている。「一つの問いがいくつもの問いへと展開していく」【原注3】描き方だと考えることができるだろう。『82年生まれ、キム・ジヨン』を軸にして、その「以前」と「以後」の時間をひとつなぎにしようとする著者の選択であり、意志とも読める。このように拡張される時間の上で――わざわざもう一度『82年生まれ、キム・ジヨン』をめぐる出来事を思い浮かべるまでもなく――自分の作品への〈誤記《オギ》〉だけはどうしても正したいという著者の文学的〈傲気《オギ》〉だろうと考えられる。その結果、この短編集では、それぞれ違う時間を生きているたくさんのキム・ジヨン〈たち〉が、パッチワークのようにつなぎ合わされている。

この「パッチワーク」と似たような意味で使われるたとえに、「ポストイット」をあげることができる。江南駅殺人事件(it)以降(post)、「ポストイットの政治学」と命名された集団行動【訳注1】が行われたように、つまり単発的で自由なやり方でポストイットを貼りながら、自由に事件のパズルを完成させていったように、この短編集の登場人物たちもまた、それぞれが一つのポストイットとなり、自らの「それ(it)」を乗り越えようとしている。「完結を目指そうとせず、開かれた形を追い求め」【原注4】てこそ「声と声がつながり続け、共鳴して、パズルが組み合わされる」【原注5】のだとしたら、この短編集の中の女性たちの時間もまた、そうしたつながりと連帯を通して女性固有の時間を再構成している。ある特定の時間を、自分だけで独占することを拒む作中の女性たちは、一つに収斂《しゅうれん》されてしまう〈全体としての時間〉を求めようとしない。自分だけの時間は意味がなく、私たちの時間が「別々に、また一緒に」流れていく。

ならば、こうした時間をつくりあげようとして女性たちが行うパッチワークとは、次のような洞察を手にするためのものだろう。「他者が作り出す道と交差して、たとえその痕跡を見つけることが難しくとも、かけがえのないやり方で全ての道はパッチワークのように一つになる。まるで、その歩み自体が針仕事であるかのように。針仕事とはつまり語る過程であり、語られた物語こそが、あなたの人生なのだ」【原注6】。縫い物と歩くことの共通点に着目すれば、次のような文章にも共感することができるだろう。「歩く人が針で歩く道が糸なら、歩くことは裂け目を縫いつなぐ縫い物です。歩くことは裂け目への抵抗です」【原注7】。これから一緒に読み取っていく作中の女性たちは、このような縫い物の結果物としての連続体であり多様体である。縫い物によって、女性の時間は継ぎ足され、多様化していくのだ。一つのまとまりとして流れず、一つずつ流れてゆく。時間を様々に組み合わせ、新たなつながりを生み出しながら、著者がどのような物語で裂け目を縫い合わせようとしているのか、これから確認してみよう。


【原注1】ヴァルター・ベンヤミン「歴史の概念について」『歴史の概念について／暴力批判のために／超現実主義ほか』（チェ・ソンマン訳、キル、二〇〇八）、三三九頁。

【原注2】イム・チョルギュ『なぜユートピアなのか』（ハンギル社、二〇〇九）、三八〇頁。

【原注3】ウンユ「『82年生まれ・キム・ジヨン』以後に女性が語り、書くということ」『82年生まれ、キム・ジヨン：百万部記念特別版』（民音社、二〇一八）、二一一頁。邦訳は、ちくま文庫版の『82年生まれ、キム・ジヨン』（斉藤真理子訳）所収。

【原注4】ユンキム・ジヨン、『ヘルフェミニスト宣言、その日以後のフェミニズム』（七番目の森、二〇一七）、六頁。

【原注5】同書、六頁。

【原注6】レベッカ・ソルニット『遠くて近い』（キム・ヒョンウ訳、バンビ、二〇一六）、一九三頁。

【原注7】レベッカ・ソルニット「韓国の読者へ向けて：最も偉大で美しい力の経験」『ウォーキングの歴史』（キム・ジョンア訳、バンビ、二〇一七）、一〇～一一頁（韓国語版序文）。

【訳注1】江南駅殺人事件で最寄り駅の地下鉄出口に追悼のポストイットが貼られ、女性たちが声をあげる手段の一つとなった。

2　なぜきれいに泣かなければならないのか

もう一度、『82年生まれ、キム・ジヨン』に話を戻してみよう。「誤記」は、著者の自伝的な体験を盛り込んだ小説と読むことができるからだ。以前に出版した本をめぐるうれしくない事件に巻き込まれ、苦い経験をしたことのある作家の「私」。誹謗中傷の書き込みへの告訴を進める過程で、高校時代の記憶と向き合うことになる。夏休みの補習授業の時に、制服を着て登校しなかったという理由で生徒指導教論にビンタされた「私」をキム・ヘウォン先生は慰めてくれる。今は大学教授になった先生に頼まれて特別講義をするが、その後の夕食会に同席した学生が、誹謗中傷の書き込みをしていたのではないかと推定される出来事が起きる。「私」が感じる混乱と挫折は、次のような言葉で再確認できる。「私が語っていない言葉が引用符にくくられてインタビュー記事に載り、私の小説にありもしない文章やエピソードがインターネットのレビューにアップされた」（四六頁）、「別の女性作家のすばらしさを語るために私が比較対象として引っ張り出されたり、批評や論戦や議論の中で私の小説が薄っぺらいパズルのピースみたいに切り刻まれたり、はめ込まれたりしたことは数限りない」（六〇頁）。フェミニズム小説という理由で作品が捻じ曲げられてしまうのは、作家にとってとてつもなく大きな苦しみとなったはずだ。

しかし、こうした苦痛の中で、他でもない先生からの誤解と非難は、「私」の心を大きく揺さぶる。久しぶりの再会で先生は、辛うじて子どもの頃に父親から家庭内暴力を受けていたという話を打ち明ける。それを「私」が小説の題材にし、自分を裏切ったというのだ。実際は、「私」も父親から兄へと引き継がれていく家庭内暴力や家父長的な考え方の犠牲者だったので、自らの経験にやや変形を加えて書いていたにもかかわらず、そういった抑圧と苦しみがあまりにも普遍的なものだったために誤解が生じたのだ。「先生、世の中には父親や男きょうだいからの暴力を経験した女性たちは、とてもたくさんいますよ。絶対にあってはならないことですけど、実際は本当にはよくあることじゃないですか」（五八頁）という説明に対して、先生は次のように答える。「適当に引っ張ってきて普遍だの平凡だの言って、薄っぺらいものにしてもいいと思ってんでしょ？　あんたが、それと、あんたの小説を読んでる人間が、世間の女の人生はみんな違う、それぞれが自分のつらさに耐えてるって、想像できると思ってんの？」（五九頁）。普遍性や当事者性をめぐるフェミニズム論争から、創作者さえも自由になれないという現実を反映している場面だ。

自分の話が他人の話になり、ひいては女性の話になることはポジティブな出来事で、望ましいことでもある。「同じ」質問に「異なる」答えをするのではなく、「異なる」質問に「同じ」答えをするしかないからだ。それに、何かを期待しているわけではなく、どうしてもこらえきれずに表に飛び出す話は、それ自体が本人の中から発せられる悲鳴となり、当事者性を担保しうる。にもかかわらず、こうした返答が無責任な引用だと考えられてしまうのは、多くの女性がこうした暴力による

「傷」からまだ自由ではないという証でもあるが、一方でこうした傷を公にされることへの恐れが、かえって女性たちの抱いている普遍的な問題なのかもしれないという点においてさらに問題は深刻である。したがって皮肉にも、「誰か」の傷ではなく「みんな」の傷を語る資格や特権そのものを拒むことが、実は、真摯な普遍性であり当事者性であるということを再認識させてくれるきっかけにもなる。こうして「それでも『誰か』が『みんな』であることを認めることは至難である」という事実を受け入れざるを得ない現実的なジレンマを直視するのだ。

誹謗中傷の書き込みへの告訴を進めながら、「私」は、電話ではどうしても自分の話だと伝えることができなかった先生に、勇気を出して手紙を書く。先生の立場に理解を示しつつも、「私」の立場も恥じることなく伝えようとするのだ。「私は、自分の経験と事情という領域の外にも熾烈な人生があることを知っている、私の小説の読者も、いつだって私が描いた以上を読みこんでくれると書く。だから、もうこうして恥ずかしいと思うこともやめたい、恥ずかしさにうなだれ、身を隠し、次第に小さくちぢこまっていくこともやめにしたい、やめにしたいと思うこんな心がまた恥ずかしいと書く。一体なぜ私がこんなにまで恥ずかしがらなければならないのかと書く」（六四頁）、ここで見られる二重性と分裂性は、もはや告白にとどまらない。対話とまでは言えないが、単なる独白ではなく聞き手を持つ「傍白」にまでは到達した作家の声だと言えるだろう。抗弁であると同時に告解でもある声。そういった作家としての〈傲気〉が、まさにこの小説を書かせた原動力となったのだろう。

「女の子は大きくなって」でも、フェミニズムが置かれているもう一つの厳しい状況を垣間見ることができる。この小説では保守色の強い地方都市で三十年も前に先駆的にＤＶ相談所を開いた母親と、大学に入学してすぐに性暴力関連のコミュニティを作った「わたし」、それから男子生徒たちのセクハラ問題を告発した娘の話が重なり、女性問題に対する世代論的立場の違いや女性運動の変化などをテーマとしている。中間世代である四十代の「わたし」から母親の世代を見れば「母さんがどれほどつらく、熾烈に生きてきたか、わかっている。だからといって、わたしが感じる苦痛や理不尽が消えるわけではなかった」（一九八―一九九頁）というのが、現実においての世代感覚である。しかし、そんな「わたし」だって、常習的に女子生徒たちをセクハラする男子生徒たちを学校暴力対策自治委員会で罰するために罠を作って動画撮影をした娘から「今、ママは、男子は何も考えてない、理解してやらなきゃダメ、こっそり写真撮ってゲラゲラしてるのはふざけてるんだ、って、そんなことを言う人になった。女の子は男の子の成績を落とすために誘惑する、そんな、残念なことを言う人になったんだってば。だからさママ、もうちょっとアップデートしなよ」（二〇三頁）と批判されている。

娘が友達と一緒に罠を仕掛けて動画を撮影したと知った「わたし」は、娘と共犯になり、その事実を秘密にする。「娘とのこうした共謀が果たして、子どものあいだでも蔓延しているセクハラ問題を告発するための苦肉の策として読むことができるか」という「政治的正しさ」の問題が提起される可能性もある。正当な目的があったとしても、それを達成するための手段が正しくなければ、その真正性が疑われてしまうかもしれないからだ。だがここで大事なのは、事実上、男子生徒たちの女子生徒たちに対するセクハラが先にあって、一度や二度ではなかったという前提が見過ごされてはならないということだ。さらに言えば、頑固な道徳的二分法にとらわれて判断することの危うさも一緒に考慮されなければならない。つまり、娘の行動を問題視するならば、それが誰にとっての政治的正しさなのか、いいかえれば、それが強者やマジョリティを基準にしているか、彼らを中心に再編されている倫理ではないかを問わなければならないのだ。こうした複雑な現実によって「わたし」と娘はどちらも頭を抱えることになる。これは過去に家庭内暴力を経験した女性たちが、結局家に帰らざるを得なかった時に感じた挫折や現在の「わたし」が感じている無力感から抜け出して、娘のような「女の子は大きくなって」以前の世代とは違う新しい歴史を書くために悩まなければならないということを訴えている設定だといえるだろう。

三十、四十代のキム・ジヨンたちは依然として「政治的正しさ」という物差しによって批判され、混乱させられている。あたかも「善良な差別主義者」と「悪いフェミニスト」との葛藤と嫌悪に対する話に映る可能性もあり、混乱はさらに増していくばかりだ。政治的正しさを求めることが間違っているというつもりはない。しかし、どちらか一方だけに政治的正しさを求めすぎるのも正しいことではない、という主張も正しい。フェミニズムが直面している現実的制約や挫折に苦しんでいる女性に政治的正しさという物差しをもって被害者らしさを要求したり、当事者性を捻じ曲げてはいけない。「殴られたらかわいい悲鳴をあげろ、とでも?」【原注8】という質問に対しては、「なぜとりわけジェンダーイシューについてのみ、「共感」が警戒され、「距離を置くこと」がまず求められるのか」【原注9】という問題提起そのものが答えになりうるだろう。フェミニズムは完璧ではない。だからといって女性たちに泣くことをやめろと言ってはならない。かわいらしく泣けないなら、泣いてはならないと言っているのと変わらないから。きれいに泣かない泣き声は、居心地を悪くするのだ。だが、居心地が悪くなってほしいから泣いているのに、どうして居心地悪くさせるのかと聞くのはおかしい。だから、チョ・ナムジュの小説の女性人物たちは、きれいに泣くよりは、最後まで泣ききろうとしている気がする。

【原注8】イ・ミンギョン『私たちにはことばが必要だ』（すんみ／小山内園子訳、タバブックス、二〇一八）、一九九頁。

【原注9】チョ・ヨンジョン「文学の未来よりは現実の私たちを」『82年生まれ・キム・ジヨン：コメンタリーエディション』（民音社、二〇一八）、三九頁。

3 名前を呼んでくれ

誰にも名前はある。しかし、誰もが名前で呼ばれるわけではない。そもそも名前を持たないかのように、無名で存在する人もいるのだ。名前が名前であることはこれほど難しいことなのか。なぜ名前を名前として呼ぶことができないのか。それで名前を名前にできなかった最大の被害者である女性たちが自ら名前を呼び始めた。「何かを正確な名前で呼ぶ行為は、無責任・無関心・忘却に目をつぶり、衝撃を和らげ、ぼかし、偽り、回避し、さらにはそれらを促すためにつかれた嘘を断ち切る。名前を呼ぶことだけで世界を変えることはできなくても、名前を呼ぶことは重要なプロセスなのだ【原注10】【訳注2】。名前を呼ぶことは、名前にふさわしいアイデンティティを与えて召喚する行為である。そのため、どのような名前で呼ばれるかによってアイデンティティが左右される。もちろん、どう呼ぶかによって支配集団や国家が要求するイデオロギーの客体として対象化される危険も常に存在する。しかし、こうしたネガティブな可能性や抑圧すら経験できない無名の存在は、存在自体を否定されているという点において「他者中の他者」と言うことができる。存在のための大前提となる条件は、名前を呼ばれることである。そのため、呼ばれることを大前提とする命名が、何よりも先行されなければならない。ちゃんと呼ばれるためには、まず名前がなければならないからだ。

「ヒョンナムオッパへ」【訳注3】は、デートDVやガスライティングの問題を全面的に取り上げた小説である。十年以上付き合った恋人に別れを告げるための手紙という設定だが、嘆願書や告発状に近い内容が盛り込まれている。恋人関係ではなく、恋人の間に存在する権力や暴力問題を扱っているからだ。主人公の「私」は、初めの頃はデートの主導権や就職先や結婚のことまで「オッパに助け」（一二頁）られ、「オッパに影響」（一五頁）を受けていたが、結局はひどい自責の念や自己嫌悪感に陥り、恋人からの独立を宣言せざるを得なくなる。「私」の恋人である「ヒョンナムオッパ」の問題は「私を一人の人間として尊重しなかったこと、愛情を口実に私を囲い込んで、押さえつけて、ばかにしてきたこと、そうやって私を無能な臆病者にしたってこと」（三五頁）だ。このようなヒョンナムオッパを告発してようやく、小説の最後まで明らかにならない「私」の名前を取り戻すことができるのだ。この小説が次のように幕を閉じるのもそのためだ。「オッパが何もできない私を守ってくれたわけじゃなくて、オッパが私を何もできない人間に作り上げたんだよ。人ひとり、好きに振り回して、楽しかった？　プロポーズありがとね、おかげでやっと気づいたわよ、カン・ヒョンナムのばっかやろー！」（三五頁）。

もう一度、次のような疑問が頭をもたげるかもしれない。十年も付き合っておいて、いまさら反旗を翻すのは遅すぎるのではないか。なぜ被害者なのに手紙で自分を下に思っているような言葉を遣い、何度も「ごめんなさい」と謝っているのか。これは、言葉遣いがだんだん荒くなり、「ばっかやろー」と罵倒する結末との落差を利用して、怒りと抵抗をドラマチックに見せるための装置でもある。と同時に、ガスライティングの巧妙さ、被害の大きさを再度問題視することもできる。「私にも私の人生があります」（三三頁）と言うまでの過程は、そう簡単ではなかったはずだ。だから「保護者」（二〇頁）として君臨し、「私」を「アクセサリー」（一七頁）や「付属品」（三三頁）として扱ってきたヒョンナムオッパとの関係を清算し、「私」が自分の名前を取り戻すためには、時間がもう少し必要かもしれない。そのため小説の中の「私」の名前は、依然として明らかにされないままだ。「カン・ヒョンナムの彼女」（一九頁）や「カン・ヒョンナムの女」（三四頁）としか呼ばれない。ギュヨン、ジユ、ジウンなど、周辺人物の名前がはっきりと書かれているのとは非常に対照的なのだ。無名の「私」は、影のようにぼんやりと存在する女性のアリバイを効果的に証明している。不在であることを証明することでしか自らの存在を証明できない。このようなアリバイが抱いている矛盾が「ヒョンナムオッパへ」にスリリングに描かれているのだ。

「ミス・キムは知っている」のミス・キムも名前がない。正確にいえば、名前がわからない。ミス・キムは、ただミス・キムとだけ呼ばれていたのだから。ミス・キムは医療機関専門の広告代理店で働きながら、誰よりも一生懸命、そして誰よりも忙しく働いた。それなのに会社内のパワーゲームに敗れ、追われるようにして会社を辞めることになる。その後任に入った人が、語り手の「私」だ。ミス・キムは「見たと言う人はいるが実体のない、伝説の怪物」（一〇三頁）のような存在だったので、不当解雇されてからもあたかも幽霊のように自らの存在感を示していく。社内にあった国語辞典、資料集、住所録などをなくしたり、書き換えたりするなどで業務に支障を与えているのだ。それでしまいには「ミス・キムがいないから、会社がすっかりメチャクチャだ」（一一三頁）とまで言わせている。ミス・キムの後任として入社した「私」も、会社の人たちから「ハニー」と呼ばれる。それは「年齢と職位が低いと思われる女性の同僚を呼ぶ、語源不明の呼称」（一〇一頁）なので、対等な同僚として認識されていないことを意味する。

ミス・キムに対する会社側の不当な待遇に対し、会社の誰も積極的にかばってはくれない。そのため、彼らみんなを「未必の加害者」であり共犯だということができる。ミス・キムの学歴や入社した経緯、契約形態、年俸などについて誰もよく知らないという事実は、彼女への尊重や配慮ではなく、徹底した無関心や無視に近い。ミス・キムが会社から追い出された理由も、職位が低いのに仕事はできすぎて、社内での影響力が大きくなりすぎたためだった。ミス・キムに対するこうした不当な待遇が、今は「私」に引き継がれようとしているのに、そんな中でもミス・キムを不法侵入で通報することすらできない会社の雰囲気は、改善されそうな気配をみせてくれない。そのため「私」は、自分に必要なのは勇気ではなく「お守り」（一二〇頁）と自嘲的に語る。

「カン・ヒョンナムの女」や「ミス・キム」は、自分の名前を持つことができなくて自己嫌悪に陥る危険と隣り合わせにされた女性の代名詞だ。「権力はとある名前で出現してくる」【原注11】【訳注4】。したがって、名前のない若い未婚の女性たちは、何よりもまず権力の名前を捻りつぶしてしまうか抹消させなければならない。となれば、無実のアリバイ作りのために自分の不在を証明せざるをえなかった女性たちが、自らの名前を呼び始める行為を、単なる消極的な抵抗とみなすことはできない。自分の名前を探そうとする女性たちが、自分の存在を知らせようとする自救の策であり、生存術であるためだ。この際、彼女たちの名前は似て非なり、「私」の名前でもあると同時に「私たち」の名前でもある。何よりも「女性の置かれている現実が『名付けられない問題』ではなく

『すでに古びた問題』として扱われ、再度口にすることが難しくなっただけ」【原注12】なら、改めて女性の名前をまともに呼ぶための女性の天使の歴史時間が問題となってくる。


【原注10】レベッカ・ソルニット「これは名前たちの戦争だ」（キム・ミョンナム訳、チャンビ、二〇一八）、八頁。

【原注11】ジュディス・バトラー『嫌悪発言』（ユ・ミンソク訳、アレップ、二〇一六）、七六頁。

【原注12】クォンキム・ヒョンヨン『もう二度とその前に戻らない』（ヒューマニスト、二〇一九）、一〇一頁。

【訳注2】邦訳は「ものごとを真の名で呼ぶことは、言い訳をし、ぼかし、濁乱させ、偽装し、逃げるため、あるいは、怠慢や、無関心や、無自覚を促すためにつかれた嘘を、切り裂く。それだけでは世界を変えるのに十分ではないが、真の名前を呼ぶことは、重要な工程なのだ」（『それを、真の名で呼ぶならば』、渡辺由佳里訳、岩波書店、二〇二〇）、一一頁。

【訳注3】以下、「ヒョンナムオッパへ」からの引用と頁数は『ヒョンナムオッパへ』（白水社、斎藤真理子訳）による。

【訳注4】邦訳は「（権力は）名称となって現れ始める」（『触発する言葉――言語・権力・行為体』、竹村和子訳、岩波書店、二〇〇四）。

4　あやうく忘れるところだった

「オーロラの夜」と「梅の木の下」には、キム・ジヨンの未来の姿かもしれないキム・ジヨンの母親世代の女性たちの姿、つまり今はもう若くない女性たちが登場する。この二編は、これまで見てきた女性の名前探しというテーマとの関わりがある。「オーロラの夜」では、姑と嫁という家族関係ではなく独立した一個人としての女性たちのシスターフッドな関係が話の中心にあり、「梅の木の下」では「マルニョ（末女）」という男児選好思想的な名前ではなく「銅柱《ドンジュ》」という改名した名前を通じて「金柱《クムジュ》」「銀柱《ウンジュ》」という名前の姉たちと繋がれるアイデンティティを取り戻そうとする話が中心となっている。しかし、これらの作品でさらに描かれているのは、二十代の青春時代、三十、四十代の中年時代を通り過ぎた五十代以上の老後の人生でも、女性固有の人生は依然として続いているという小説のテーマである。このような作品を読む時、もう若くない女性たちの人生を人間の人生、あるいはフェミニズムからさらに拡大されたヒューマニズム、と読むこともできるだろう。しかし、それでもやはり「女性」の高齢の人生を中心に、女性のアイデンティティについて考察していると読んだほうが、彼女たちが苦労して取り戻した名前に値するだろうと思う。

まず、「オーロラの夜」の「私」は、五十七歳で、高校の教頭先生だ。十年前に夫が交通事故で亡くなり、今は姑と二人で暮らしている。勤め人である娘とは、孫の育児を断ったせいでぎくしゃくしているが、オーロラを見に行くという長年の夢を叶えるために姑とカナダ旅行に出かける。この旅行をきっかけに、いわゆる「未亡人」である姑と嫁の家族関係が再構築される。「私はおかあさんに親孝行を尽くす気などまるでない。同居人、ハウスメイト、事実上の人生の最後のパートナーでしかないのだ。これ以上、知らない誰かと生活習慣や態度や好みや性格などを擦り合わせ、理解し合い、譲り合う余力などなくなった今、私に残された家族がおかあさんでよかったと心から思っている」（二五四―二五五頁）。このような考えにたどり着くきっかけとなった二人だけの旅行で、より積極的に行動し、新しい姿をよりたくさん見せてくれたのは姑のほうだ。厳しい寒さにも負けず、初めて会う外国人ともたどたどしい英語で積極的にコミュニケーションを図る。「私」よりもずっと伝統的な家父長制のもとで犠牲的な人生を送っていた姑。そんな彼女が見せる変化が、大きく迫ってくる。それは、姑の「もうあたしはチュンチョルの母親じゃないし、あんたもチュンチョルの妻じゃないから」（一五五頁）という言葉からも確認できる。

作中のオーロラは、モノクロのようだった女性の過去を煌《きら》びやかな色で照らしながら、新しい未来に光をあてて輝かせるダイナミックなエネルギーを象徴する。あるいは、パッチワークで縫い付けられた布ひとつひとつのように、縦の上下関係ではなく横の平等な関係として新たにつなぎ合わされるきっかけの象徴としても読める。最も気まずく感じるかもしれない伝統的な嫁姑関係から抜け出し、認め合い、譲り合いを前提とした「互いへの歓待」の可能性を示唆しているからだ。相互的な歓待は、同等な立場で、開かれた関係においてしかありえない、真なるシスターフッドの前提条件だ。何より、互いが互いの弱さを支える足場になったとき、迎え合うことができるという点で、より意義は大きい。一方的に恩恵を施したり認めたりするのではなく、相互的な省察や反省が前提になければならないためだ。さらに言うと、いまだ犠牲や献身という典型的なイメージで固定されている「祖母らしさ」や「母らしさ」を、思い切って拒否した時にこそ可能になるのだ。彼女たちがオーロラを見ながら祈った願いが「私」の場合、孫の育児を拒絶する「ハンミンの世話をしたくありません！」（一六八頁）であり、姑の場合は「長ーく、生きさせてください！」（一六九頁）である。彼女たちは旅行後にもこのような「なんだか恥ずかしい願い事」（一六九頁）を叶えようと、塵のようにたわいない人生でも一生懸命に生きている。退職願を提出した娘が、オーロラを見ながら祈りたいと思っていた「この先もずっと無事に会社に通えますように」（一七四頁）という願いを叶えようと頑張っているように。

ここで「オーロラの夜」と似て非なる老後小説、「家出」に少し触れておく必要があるだろう。誠実な家長だった七十二歳の父が、ある日とつぜん家を出る。「残り少ない人生だ。そろそろ自分の思い通りに生きたい。探さないでくれ」(七〇頁)が、家出にあたっての弁だ。このような小説を読む際に、最もとりがちな態度は「男性高齢者も(女性高齢者と同じように)苦労している」という男女平等的な見解を重視することかもしれない。にもかかわらず、ここで強調しておくべきことは、苦労の多い父の家出そのものが、強要された男らしさから抜け出すことができない、いわゆる「ManBox《マン・ボックス》」【訳注5】の別の形である危険性が依然として潜んでいるということだ。もちろん、父の家出を一番近くで経験することになる末娘であり、一番可愛がられた「父の娘」としての「私」の感情には、あいまいな側面がある。だが、大事なのは、父の家出が家族の日常のいたるところに浸透していた家父長的文化を変化させるきっかけになるということだ。「それは父さんの仕事だ。そのために父さんは、この家にいるんだから」(七七頁)と言いながら、家のあれこれを一人で決め、解決していた家父長的な父がいなくなると、母はこれまで抑えこまれていた自分の声を出し始め、疎遠だったきょうだい同士の関係も深まる。そして、この小説はこのような終わりを迎える。「父には申し訳ないが、父がいなくても、残された家族はちゃんと暮らせている。父も家族の元を離れて元気に暮らしているようだ。いつか父が戻ったとしても、何もなかったかのようにまた変わらない毎日を暮らせると思う」(九二頁)。残された別の家族は、家族の中でたった一人がすべてを決めるという時間を脱して新たな未来を迎えることになるだろう。この未来は、当然ながら尊重されるべき権利で、義務である。

もう一度女性高齢者の生活に話を戻してみよう。「梅の木の下」もまた、八十歳の「私」が、認知症の患者で最期を迎えようとしている上の姉を見守りつつ、自らの人生を振り返っている小説だ。夫と息子に先立たれた妻、母親としての自分の人生と、家庭のために献身した上の姉の人生、そしてがん闘病中に穏やかに死を迎えた下の姉の人生が一緒に呼び覚まされる。それから老人ホームの庭にある「追いやられ、押しのけられ、どこでもいいからと身を寄せた、年寄りの旅人のよう」（一二三頁）な梅の木に、彼女たちの人生が重なる。花も葉っぱもない冬の梅の木を見て人生の無意味さと虚しさを思い浮かべるのは、あまりにも自然な成り行きだ。著者はこうした場面を描くことで、新たな生き方を見つけることができず無用な存在になってしまった女性の老後が、果たしてどのような評価と慰めを受けるべきかと問いかけている。

この小説は、そんな冬の梅の木から春になれば花を咲かせるであろう芽を発見したり、芽を花びらのように舞い落ちる白いぼたん雪と結び付けたりしながら、冬と春とが互いを迎え入れる女性の時間を再構築している。「花が雪で、雪は花だ。冬は春で、春は冬だ、ねえ、姉さん」（三八頁）という言葉は、だから自然への敬いや生命への尊厳といった普遍的テーマにだけ還元されるものではない。つまり、雪降る冬が過ぎていけば花咲く春がめぐってくるという線的な順序、または循環というものではなく、雪と花、冬と春の同時性、合一性を喚起させているのだ。すでに花咲いており、春が冬の中にもあるというような描写は、真逆のものどうしが互いを迎え入れるための時間なのだ。互いに相手をありのまま受け入れているからだ。老後の時間は、特に冬を過ごしている女性の人生は、こうして相手に新たな時間を贈る。

「オーロラの夜」や「梅の木の下」に描かれる老いた女性たちは、生と死の時間を行き来しながら連帯し、共感し合って、互いを歓迎する成熟した姿を見せてくれる。相手を選ばない絶対的な歓待が持つ観念性、または相手を選ぶ条件付きの歓待が持つ無責任性を同時に乗り越えることができるのが、まさに相互的な歓待なのだ。そしてこれこそが、固定され、画一化された女性のアイデンティティを刷新できる土台になる。女性における相互的な歓待とは、互いの矛盾や弱点をそれぞれの立場から認め合うことであり、そういう意味で相対主義や多元主義とは異なる。それぞれ違う文脈を認めようとする文脈主義や非同時的な時間の同時性を唱える開放主義の原理に近い。もちろん、こうした相互的な歓待も永遠には続かない。むしろこのような瞬間性が、生きている女性の時間をより活気に満ちたものに再構成できるよう背中を押してくれる。オーロラや梅の木のように。これこそがまさに、女性の時間が遅いようで速く流れていく理由でもある。

【訳注5】「男は生涯で三度しか泣いてはいけない」という言葉のように、男性を男性らしくあるように抑圧し、社会化させること。社会運動家トニー・ポーターにより、『Breaking Out of the "Man Box": The Next Generation of Manhood』で提示された用語。

5　初めは「千個」、その次は「千一個」に

フェミニズム小説が中心となっている本書で、「初恋2020」はそうした流れから最も遠くにある作品だ。コロナ禍でも歯止めをかけられない小学生たちの初恋は、時代にふさわしくマスクの贈り物から始まり、マスクを返せという言葉で終わりを告げる。このような結末について、経済格差を代弁するような階級による葛藤が、「子どもたちの愛」さえ左右してしまうと批判することもできる。しかし、年の順に各物語を並べ直してみると、この小説を「女の子は大きくなって」の妹、

弟たちの話として読むこともできる。最も非政治的で非社会的であるはずの小学生の初恋さえ、政治や社会、ひいてはジェンダーから自由にはなれない。二十一世紀のパンデミック時代で持ち去られてしまったのは、何も初恋だけではない。

　チョ・ナムジュによって本書で描かれた女性たちの話は、依然として議論を呼ぶポイントが存在する。しかし、その議論は、議論を終わらせるための議論ではなく、より豊かな議論をするための議論に近い。このような文脈の中で、著者は「フェミニズムはフェミニズムなしに説明できないたくさんのことを説明しえる、世界を見つめる観点」【原注13】【訳注6】という素朴で、かつ、当然の真実を伝えようとしているのかもしれない。それから、そんな切実な声を伝える時でさえ、とてつもない戦闘力が求められる現実が、依然として問題として差し迫ってくる。

　そのためか、これまで何度も名前が挙がったレベッカ・ソルニットは、固定的で、かつ期限切れの話への拒否を意味する「Break the Story《ブレイク・ザ・ストーリー》」を提案する【原注14】。「ブレイク・ザ・ストーリー」のためには、すでに紹介した二つのことをもう一度強調しておかなければならない。一つ目は、女性たちの人生は、日常を取り囲んでいる物語のパッチワークということだ。「女性は一つの全体だ。一つ一つが全体である部分からなる一つの全体である」【原注15】【訳注7】。それから二つ目は、そのような話を織りなすために女性たちの時間は、重層的に流れているということだ。一かけらの女性たちの話は、過去と未来を同時に結ぶことができ、現在ではない時間を現在に拡大させることもできる。これがまさに女性における歴史の天使たちがお互いをそう簡単にあきらめない理由だ。このようにして女性たちの語る時間は、たんに付け加えられるだけでなく、無限に「増殖」されていく。

本書は、十代から八十代までの女性たちの各人各様の人生を新しく見直すために、彼女らのストーリーを解体する時間の集合体だ。そのために著者は、間違って知られていることを正そうと「異なる形で」語り、忘れ去れたことを思い出そうと「もう一度」語り直す女性の物語に集中する。「全体における部分」ではなく「部分としての全体」になるために、女性一人一人が自らの話を自分の手で、たえず解体していかなければならないということも強調している。自分に傷を与えてきた過去から抜け出そうとしながら、自分が中心となる未来を描き、と同時に現在を織り上げていく。自分に「ついての」話ではなく、自分の「ための」話でなければならないから。アリアドネのようにテセウスという男を危機から救うために自らの糸を渡したり、ペネロペのように夫のオデュッセウスを待とうとしてせっかく織った服の糸を解いたりする必要もない。チョ・ナムジュは、自ら進んで彼女たちのためのシェヘラザードとなって「千個」の物語ではなく「千一個」の物語の『千夜一夜物語』を今もなお織りつづけている。「いまここ」で、針を通している一日の話が、その前の千日という時間を左右してしまうからだ。これがつまり、女性の時間が通り過ぎている毎日の中で起きている魔法なのだ。


【原注13】ニナ・パワー『盗まれたフェミニズム』（キム・ソンジュン訳、エディタス、二〇一八）、一五頁。

【原注14】レベッカ・ソルニット『これは名前たちの戦争だ』（キム・ミョンナム訳、チャンビ、二〇一八）、二八八—二八九頁。

【原注15】エレーヌ・シクスー『メデューサの笑い／出口』（パク・ヘヨン訳、トンムンソン、二〇〇四）、三六頁。

【訳注6】原題は『One Dimensional Woman』。

【訳注7】 邦訳は、「もし彼女が一つの全体であるなら、その全体は、それぞれ全体である諸部分から構成されていて、(中略)巨大な天体的空間なのです。」『メデューサの笑い』(松本伊瑳子・国領苑子・藤倉恵子編訳、紀伊國屋書店、一九九三)、三五―三六頁。

(Kim Mihyun)

訳者あとがき

本書は二〇二一年六月に刊行された『私たちが記したもの』の初版を底本に訳されたものだ。八篇の収録作は、二〇一〇年に書き始められた「家出」、二〇一二年に発表された「ミス・キムは知っている」を除けば、『82年生まれ、キム・ジヨン』の大ヒットのあとに書かれている。また、原書には「ヒョンナムオッパへ」も収録されているが、この作品は二〇一九年に刊行されたフェミニズム小説集『ヒョンナムオッパへ』（斎藤真理子訳、白水社）の一篇として日本語で読むことができる。本書とあわせ、ぜひご覧いただきたい。

『私たちが記したもの』には表題作がない。それについて担当編集者のパク・ヘジン氏が、とあるYouTubeの番組で語った内容によると、本書のタイトルは「女の子が大きくなって」「オーロラの夜」の二つが候補としてあがっていたが、最終的にすべての作品を包括できる今のタイトルに落ち着いたのだという。

「私たち」とは誰か。本書のタイトルを見て、たちまちこんな疑問が生まれるだろう。やはりパク・ヘジン氏によると、「私たち」には、著者と、著者の作品を読んで共感した読者だけでなく、（「極端にいえば」ということわりつきではあったが）本書を読んでネット上に著者への悪辣な書き込みをした人たちまでをも含むそうだ。つまり、本書は著者が「『キム・ジヨン』以降に歩んだ韓国社会と作用しながら書いたもの」で、いうなれば「韓国社会という共同体」を書いたものだと。『彼女の名前は』で、日本の読者に著者が向けたメッセージにあるように、女性差別に抗う人々の闘いは、一歩前進と半歩後退を繰り返している。『キム・ジヨン』刊行後に始まった著者への嫌がらせもいまだに続いており、著者の新刊が出るたびに、わざわざオンライン書店のページに星一つレビューを書き込む「星テロ」が行われる。

　そうした、まさに『キム・ジヨン』以降の韓国社会をうかがわせる作品が「誤記」である。著者はあとがきで「すべてが私の体験談ではありません」と語っているが、すべてではない、という言い回しが、むしろ作品の発表後、著者を襲った日々の苛烈さを想像させる。

　はからずも社会に一石を投じる作品を発表した小説家は、その後、さまざまな形の誹謗中傷にさらされ、筆を折る一歩手前まで追い込まれる。作品によって、新しい世界の訪れを期待した読者には知りえない、別な形の暴力の出現。だが、物語は加害と被害という二元論では終わらない。作品によって女性たちに呼び起こされたもの、語られ始めたことば、語り直される物語が、濃密な筆致で記されていく。何かが大きく編み直される予感が漂う。

　この作品の原題は「오기《オギ》」で、さまざまな意味が読み取れるタイトルである。その読み解きについては金美賢《キム・ミヒョン》さんの解説に詳しい。日本語版のタイトルは著者と話し、「誤記」としている。

　もちろん、小さな前進はあった。本書でも「梅の木の下」「オーロラの夜」など、女性の老いをテーマにした物語が描かれているように、高齢女性の人生や生き様に注目する動きが生まれた。著者あとがきで触れられているパク・マンネは、七十代のYouTuberで、氏のYouTubeチャンネルは百三十万人のチャンネル登録者数を獲得した。著書『パク・マンネ、このままじゃ死ねない』（邦題は『71歳パク・マンネの人生大逆転』、古谷未来訳、朝日出版社）はベストセラーになり、日本だけでなく台湾、タイで翻訳出版されるほどの人気を得た。もう一人のYouTuber、ミラノンナは一九五二年生まれ。韓国からイタリアのミラノに留学したデザイナーで、「マックスマーラ」などのイタリアブランドを韓国に広めた人物であり、パク・マンネと同じく若い世代から熱い支持を受けている（現在は活動を中止）。若者たちは、二人がそれぞれの人生で培ってきた知恵に耳を傾け、自分の生き方を模索し、勇気を得ているのだが、二人とファンの関係は一方通行でないかたちで築かれている。つまり、知識や情報が二人からファンへ「伝授」されるだけでなく、両者は自由に意見を交換し、互いに影響を与え合う。相互作用が可能なインターネットを介在させた関係だから当たり前のように思われるかもしれないが、『私たちが記したもの』にはそうした関係性が反映されている場面がある。

「だからさママ、もうちょっとアップデートしなよ」

「女の子が大きくなって」で、男の子たちがあたかも盗撮をするかのようにしてセクハラを行うというその状況をきちんと理解できずにいる母親の「わたし」が、娘から投げつけられるセリフだ。こうした問題に決して疎い「わたし」ではないはずだった。現在公務員として働く「わたし」は、子どもの頃から「性教育キャンプ」に参加していた。DVシェルターを運営していた母親に大いに影響を受け、大学時代には「読書会サークル」も作って活動した。だが、「あれはもう二十年も前のこと」だったのだ。「二十年の間、わたしにはどんなことがあったんだろう」と考え込んだ末、「わたし」は自分の考えを改める。この作品に描かれた母と娘の葛藤は、娘からの「叱咤」を受けた母の「悔い改め」によって解消される。従来の文学作品であまり見られなかったこうした水平的な関係性は、勝ち抜くことを第一に考える大人に一撃を与える四人の中学生の友情を描いた『ミカンの味』（矢島暁子訳、朝日新聞出版）などチョ・ナムジュの前作にもうかがえる。

著者は一度発表した作品を単行本に収録する際に大きな修正を加えるタイプではないが、本書については大胆に手を入れているところがいくつかある。「梅の木の下」の登場人物の名前は金柱《クムジュ》、銀柱《ウンジュ》、銅柱《ドンジュ》だが、雑誌掲載時はクムミ、ウンミ、ドンミと、より女性的な名前だった。この変化について、著者に尋ねたところ、堅くて頑丈なイメージの「柱」という字を登場人物の名前に使いたかったと答えてくれた。父の不在により家庭内で起こった変化をユーモラスに描いた「家出」は、「文藝」の「韓国・フェミニズム・日本」特集（二〇一九年秋季号）に掲載されたものだが、原文に新たな場面が加わるなどの一部大きな修正があったため新しいバージョンで翻訳し直した。どのような変更があったかは、ぜひ読んで確認していただきたい。さらに、「女の子は大きくなって」では、ラストシーンに描かれる光景が初出時から大きく差し替えられている。当初、公園で遊ぶ子どもたちの声が窓の向こうから聞こえてくる、というシーンだったものが、本書では、娘の好きな食べ物を口にすることで娘と同じような感覚を味わい、娘が「大きくなって」からの未来に思いを馳せるシーンに変更されている。作者自身が常に、アップデートを続けている。

韓国の編集者は、前述の番組内で、本書についてこう語っていた。

「〈女性の物語〉というと、私たちの見知った話、繰り返しの話、と思われる方もいるかもしれませんが、その物語をもう一度見つめるために、〈見知った話〉だと思われているその物語自体を壊し、砕き、再び語り直そうとしています」

既存の女性の物語を新しく語り直す著者の試みを直観的に見せようと、韓国語版の表紙には、語り直すための余白としての線、さらに白い錠剤と、それが割れ、粉々になったイメージが描かれている。妻としての話、娘としての話、母としての話、老いた女としての話。そんなふうにひとくくりにされがちだった物語が、それぞれにかけがえのない手触りを持つことを、本書は再確認させてくれるだろう。


最後に、年齢の表記についておことわりを。韓国では一般に数え年が使用され、誕生日によっては最大二歳の差が生まれることがあるが、本書では登場人物たちが自覚する年齢を優先したいとの思いから、数え年のまま訳出した。

訳者からの質問にいつも温かい言葉とともにご返答くださるチョ・ナムジュさん、編集を担当してくださった井口かおりさん、すばらしい装幀をして下さった鈴木千佳子さんにこの場を借りてお礼を申し上げます。

二〇二二年秋

小山内園子
すんみ

プロフィール

著者

チョ・ナムジュ

1978年ソウル生まれ、梨花女子大学社会学科を卒業。
放送作家を経て、長編小説「耳をすませば」で
文学トンネ小説賞に入賞して文壇デビュー。
2016年『コマネチのために』でファンサンボル青年文学賞受賞。
『82年生まれ、キム・ジヨン』で第41回今日の作家賞を受賞(2017年8月)。
大ベストセラーとなる。2018年『彼女の名前は』、
2019年『サハマンション』、2020年『ミカンの味』、
2021年『私たちが記したもの』、2022年『ソヨンドン物語』刊行。
邦訳　『82年生まれ、キム・ジヨン』(斎藤真理子訳、ちくま文庫)、
『彼女の名前は』(小山内園子、すんみ訳)、
『サハマンション』(斎藤真理子訳)いずれも筑摩書房刊。
『ミカンの味』(矢島暁子訳、朝日新聞出版)。

訳者

小山内園子

（おさない・そのこ）

東北大学教育学部卒業。

NHK報道局ディレクターを経て、延世大学などで韓国語を学ぶ。

訳書に、『四隣人の食卓』（ク・ビョンモ、書肆侃侃房）、

『女の答えはピッチにある――女子サッカーが私に教えてくれたこと』

（キム・ホンビ、白水社）、『ペイント』（イ・ヒヨン、イースト・プレス）、

『別の人』（カン・ファギル、エトセトラブックス）、

『大丈夫な人』（カン・ファギル、白水社）、すんみとの共訳書に、

『彼女の名前は』（チョ・ナムジュ、筑摩書房）などがある。

訳者

すんみ

早稲田大学文化構想学部卒業、

同大学大学院文学研究科修士課程修了。

訳書に、『あまりにも真昼の恋愛』（キム・グミ、晶文社）、

『屋上で会いましょう』『地球でハナだけ』（チョン・セラン、亜紀書房）、

『女の子だから、男の子だからをなくす本』（ユン・ウンジュ他、エトセトラブックス）、

『5番レーン』（ウン・ソホル他、鈴木出版）、小山内園子との共訳書に、

『私たちにはことばが必要だ　フェミニストは黙らない』

（イ・ミンギョン、タバブックス）などがある。

原書　初出一覧

梅の木の下　『文学と社会』2020年冬号

誤記　『Littor』2020年4／5月号

家出　『創作と批評』2018年春号

ミス・キムは知っている　『文学トンネ』2012年冬号

オーロラの夜　『文学思想』2019年11月号

女の子は大きくなって　『Littor』2018年8／9月号

初恋2020　『webzineビユ』2021年1月号

なお、邦訳の「家出」の初出バージョンは、
『文藝』2019年秋季号と、『完全版　韓国・フェミニズム・日本』
（河出書房新社）に掲載されている（小山内園子、すんみ訳）。
著者は初出バージョンに大幅な加筆をし、原書に収録した。
本書の訳はすべて原書による。

また、「ヒョンナムオッパへ」は『ヒョンナムオッパへ』
（チョ・ナムジュ他、白水社）に収録されているため、
本書では収録していない。

私《わたし》たちが記《しる》したもの

2023年2月27日　初版第1刷発行

著者

チョ・ナムジュ

訳者

小山内園子《おさないそのこ》

すんみ

発行者

喜入冬子

発行所

株式会社筑摩書房

東京都台東区蔵前2-5-3　〒111-8755

電話番号　03-5687-2601(代表)

印刷・製本

中央精版印刷株式会社

ISBN978-4-480-83219-1 C0097

〈筑摩書房の本〉

君という生活

キム・ヘジン

古川綾子訳

『娘について』『中央駅』など、

疎外された人々の視点から

韓国社会を描いてきた著者の、

胸に迫る傑作短編集。出会いとその後。

寂寥感と抒情が溢れる。